末日時在做什麼？能不能再見一面？

3

枯野 瑛
Akira Kareno
illustration ue

Kadokawa Fantastic Novels

末日時
在做什麼？
能不能
再見一面？

contents

「有點久遠的往事」
-broken bond-
P.008

「儘管如此，仍要活在今日」
-stained glass-
P.018

「朝著明天邁進」
-chained hearts-
P.104

「我要阻撓你」
-standing back to back-
P.206

「迷路的小貓」
-being hungry for kindness-
P.276

後記／
借後記之名的廣告單元
P.286

「有點久遠的往事」
-broken bond-

這是有點久遠的往事。

具體來說，是發生在懸浮大陸群（Regulu Ere）公曆四一五年春季的事情。從費奧多爾・傑斯曼與妖精少女們相遇算起，要往前追溯將近三十年的光陰。

當時，發生了一場爭鬥。

爭鬥本身當然並沒有多稀奇，畢竟當時正逢有些兵荒馬亂的時代。要再說得更精準一點的話，就是處於規模略大的戰爭發生之際。

當代局勢的主導者是以六號懸浮島為中心擴展勢力的自治空域，俗稱「貴翼帝國」。殺害老皇帝藉此篡位的將軍，乘著氣勢與興頭——在周遭眼中是如此——開始侵略周邊的懸浮島和都市群。

都市群或力爭反抗，或歸順服從，或展開交易，或致力謀劃，各自採取了不同的應對方法。紛亂四起蔓延，演變為難以收拾的局面，就連原本的功用應該是「抵禦外敵以保懸浮大陸群長存」的組織——護翼軍都出動了。

無數的算計在空中奔流不息，心中的考量與情感驅使人展開行動。於是，鮮血流淌，金錢流轉，生命流逝。

那場爭鬥，便是此等戰火延燒之中的一小塊碎片。

†

熊熊竄起的火焰驅趕著黑夜。

橫躺在地的飛空艇殘骸大大小小共有五艘，而且全數都正燃著猛烈大火。

鋼鐵與鋼鐵撞擊在一起，發出刺耳的聲響。

一次，兩次，然後隔了一會兒，又響起一次。

兩名少女將劍身遍布裂痕的奇妙大劍——亦即遺跡兵器(Dagr Weapon)——握在手中，展開廝殺。

遺跡兵器的潛在威力比外觀看起來還要龐大，能夠呼應使用者所催發的魔力(Venenum)，產生足以對抗不死之〈獸〉的力量。拿著這種兵器使出全力打鬥，當然不可能毫髮無傷。少女就在傷人和被傷當中逐漸耗去氣力。

劍刃與劍刃撞擊迸發鳴響，力量與力量互相推擠，不相上下。

兩人同時順勢猛然往後一跳，彼此都隔開了距離。

「給我讓開，納莎妮亞！」

穿著殘破軍服的少女發出椎心泣血般的吶喊。

她手上的遺跡兵器從裂縫中發出耀眼光芒，其名為黃金蜜酒。蒼藍與翠綠的色彩如波浪般起伏，不斷在劍身內側洶湧翻滾著。

「妳應該也很清楚吧？真正該打倒的對象是誰！有生存資格的又是誰！」

她當然是黃金妖精（Leprechaun）。

所謂的黃金妖精，是護翼軍擁有的一種兵器，按照規定，是用以和侵襲懸浮大陸群的〈深潛的第六獸（Timere）〉戰鬥。這種基本原則在當時也沒有改變，為除此之外的理由而戰鬥自然是禁忌。

這個時代也存在著妖精倉庫這樣的部署，而且運用方式依然和「倉庫」本來的意思有一點出入。具有生命、活動能力且需要照顧的兵器，便跟軍馬和軍鳥同屬一類。基於上述解釋，這個地方是用對待高級軍馬的方式在管理她們。在灰色牆壁圍起來的住處中，保持不至於生病的衛生，提供足夠儲備精力的食糧，施予教育讓她們聽得懂命令。

然後，即使是在這種環境下——正如同軍馬和軍馬應該也是如此——她們各自培養出了不同的心靈。

「那可不是我們能思考的事情，愛洛瓦。」

與她對峙的另一名少女，同樣用椎心泣血般的嗓音低聲答道。

「我懂妳的悲傷，也懂妳的悔恨，更懂妳沒辦法再奉陪下去的心情。但是，唯有我們是不能說出那種話的。」

「妳想說這才是正確的判斷嗎？」

「……這個問題並沒有意義。妳明白的吧？」

與她相對而立的少女，靜靜地再次催發魔力。

少女手中的大劍——遺跡兵器帕捷姆遍布縱橫交錯的裂痕，流瀉出淡淡光芒。她將一股彷彿隨時都會狂暴的凌厲之氣藏於劍身中，就這樣舉劍以待。

「所謂正確的事物，只要改變了前提，想怎麼扭曲都可以。我現在是為了懸浮大陸群的未來——即使那個未來有多醜惡，我都要為了保有未來而戰。但是，妳並不是如此。」

「醜惡這種措詞，還真是委婉的形容啊。」

她連點頭都沒有，僅微微瞇起了眼睛。

「到那個未來，我們就真的淪為單純的兵器了。對手不會只有〈獸〉而已，對於**擁有**我們的人來說，我們就是專門用來單方面地剷除礙事者的方便道具。剛才妳我奉命所做的事情正是如此！」

在她們兩人背後，大大小小總共五艘的飛空艇殘骸正在噴出烈焰。

其中一艘是護翼軍的攻擊艇，剩下的則是帝國的軍用運輸艇以及其護衛艇。飛空艇的主要動力並不是火力爐，而是咒燃爐，就算發生失控的情形，本體也不會引發大火。火源是堆積在這五艘裡面的貨物，還有裝設在貨物上，萬一出事時可以抹滅證據的爆炸裝置。

據說這些運輸艇是為了將大量的殺戮兵器運送至前線。她們接到的命令，就是不能讓運輸艇抵達目的地，說是要用最低限度的犧牲來阻止慘烈悲劇的發生。

結果究竟是如何呢？

她們擊墜的運輸艇裡面載了許多平民。由於有形形色色的種族混雜於其中，而且**整體而言都是燒焦的狀態**，所以沒辦法分辨得很清楚，不過感覺婦孺占了大多數。

為什麼事情會演變至此呢？光憑現場狀況實在無法判斷。有可能是誤信了假情資；或者，連絡上出了差錯；或者，平民之中有人在搬運真正的殺戮兵器；或者，單純是想暗殺的對象混在平民之中；又或者，目的只在於擊墜帝國籍的飛空艇，至於裡面載什麼東西都無所謂。

事到如今已無從得知真相，而且也沒有那個必要。

她們奉命殺害了彼此友好的懸浮大陸群的人民。無論背後藏著什麼樣的真相，這就是鐵錚錚的事實。

「奉命做這種事情！而且今後還要繼續做下去！就算如此妳也可以接受嗎？」

隨著這聲高喊，她衝了過去。

劍——原本是用來斬殺〈獸〉的遺跡兵器——交叉碰撞。

再次響起那種尖銳的金屬重擊聲。

她們維持這樣的姿勢，在劍刃互抵的情況下，用力量與話語壓迫著彼此。

「……就算如此，我們妖精也必須以寄生軍方的形式活下去。」

「妳說什麼！」

「包含妳、我以及倉庫的每一個人，大家都只能用護翼軍兵器的身分生存於世。如果妳現在在這裡犯下傻事，學妹的未來也會一併葬送掉。」

「那也沒關係。在被當作骯髒的兵器來利用前結束這一切，也是學姊的職責所在。」

「那不過是妳的自以為是罷了，愛洛瓦！」

「隨妳怎麼說都行，我再也沒辦法對妖精族的未來抱持希望了！」

爆炸般的轟鳴響起，她們兩人分別被吹往相反的方向。

著地後，她們鞋底踩住的土砂迸飛四散，簡直像是遭到大型榴彈擊中一樣。

兩人都毫不猶豫地當場轉過身，剛才拉開的距離正是為了用來助跑，她們奮力踏地衝刺。猛烈催發的魔力強化了腳力，讓兩人的身體以超乎常識的速度向前移動。她們將重心放在身體前方，全部轉為突擊的力量，只求盡量加快速度，盡量使出更強力的一擊。

金屬聲響起，她們兩人錯身而過，拉開了距離，然後翻過身，再度展開突擊。

接著繼續第三次的交手，第四次的交手。

兩名妖精兵互相賭上不容退讓的未來，揮動起注入生命的劍刃。

在此補充一些早該先說的事情吧。

這兩人是一同在倉庫長大的好友。

她們曾幾度在戰場並肩作戰，相互扶持之下一路存活到現在。甚至兩人都有相同的想法，認為彼此會一同迎來死亡，就算真有死別的那一天，也會是自己為了保護對方而死。

她們並沒有抱著要永遠在一起這種自我滿足的夢想，但至少在殞命之時來臨前，都要一直相伴下去。她們不需要起誓，彼此便是如此衷心祈願著。

在火星不斷四濺飛散之間，淚水也同時在飄零。

誰都不曉得那是從哪個人的眼角流淌出來的。

†

——這是有點久遠的往事。

因此，戰鬥當然早已分出勝負。

在這時候敗陣下來的少女自然不用說，勝出的少女也在戰鬥結束後沒多久，便失去了性命。她們兩人沒機會看到各自擔憂的未來走向，便闔上了雙眼。

知曉發生過這場戰鬥的人，已經幾乎不存在了。

「儘管如此，仍要活在今日」
-stained glass-

1. 微笑的面具

這是一個非常古老的童話。

在人類仍在地表繁衍昌盛的時代，是母親會用來哄孩子睡覺的優美民間傳說。

當然，這一類的故事通常在細節處有許多不同的變化。每經過一次口頭轉述，或是每當重新編輯成冊時，傳承下來的細節都會一點一滴地慢慢改變。然而，即使如此，故事的要旨還是幾乎沒變，就這樣一直流傳了下來。

據說，有個鞋匠因為工作忙不過來而苦惱不已，這時有個小矮人來找他，表示願意幫他工作以換取少量的牛奶。

據說，由於小矮人的身體太小了，並沒有辦法像人類一樣手腳俐落地工作，一個晚上最多只能做好一隻鞋子。

在流傳下來的故事中，還有像這樣的說法。比方說，小矮人喜歡惡作劇，趁人稍不注意，就會肆意破壞東西後溜得不見蹤影；也有說，小矮人擁有大量的金幣，他們會將金幣藏在地底深處，或裝在罈子裡隨身攜帶。只要順利逮住一臉開心地四處逃竄的他們，或許就能一夕致富……

這些和藹可親的鄰居，為人類的歷史輕輕添上了一筆紀錄。

——也就是名為「小矮妖（Leprechaun）」的古老妖精的故事。

「……原來如此。」

費奧多爾・傑斯曼四等武官喃喃說道。

他是一個身穿軍服的墮鬼族（Imp）少年，有著色澤黯淡的銀髮和淡紫色眼瞳，身高不算高也不算矮，一張討人喜歡的笑臉上戴著小小的眼鏡。

「我懂了。」

他闔上書本。

這本書是他從城裡一間生意冷清的租書店借來的。體裁上屬於為學生量身打造的入門書，將現今已經失傳的古代神話傳承彙整得相當簡單易懂。

本來的話，費奧多爾對遠古歷史和超自然性質的相關記載沒有多大興趣。但是，他的眼睛被「小矮妖」這個字眼給吸引住，不禁閱讀了起來。然後，他也忍不住將書中描述的古代「小矮妖」，和他認識的「黃金妖精」拿來比較。

身體（儘管有程度上的差異）很小。

會為人類代勞工作。

有一點笨手笨腳。

喜歡惡作劇。

而且，只要稍沒注意，就會立刻消失到不知道哪裡去——

哦，的確如此。雖然不能說完全一樣，但主要是個性和特質方面都實在非常相似。

「也就是說，妳們從很久以前就是這樣了啊。」

他嘀咕著，並用手指撫摸書本的封面。

代為完成必須要有人去做的工作，就是她們的角色定位。

她們肯定只求自己能夠留在人類身邊為其效勞。而且實際上，只要得到些許牛奶之類的東西，她們就會露出開心的笑容吧。

然而既邪惡凶殘又喪心病狂的人族（Emnetwiht），絕對是將她們抓起來榨取黃金等物，日復一日不停地使喚她們做鞋子。

「那些傢伙活該會滅絕。」

人類這種生物早已隨著曾經肥沃的大地一同毀滅了。

來歷不明的侵略者——被稱為〈十七獸〉的暴徒，將那片大地破壞殆盡。它們展開摧毀與削減的行動，令萬物枯朽腐敗，抹消一切。

勉強活下來的倖存者不得不移居到〈獸〉的獠牙觸及不到的場所。具體來說，就是天上。前往以數以百計的懸浮島構成，廣大的——但相比過去的茫茫大陸不過是滄海一粟的——嶄新世界。

在那之後，五百年的光陰過去。

懸浮大陸群絕對不是樂園，也並不安全。必須一再付出大量犧牲，揮去大量淚水，才能維持住這個小小的新世界。

而且，這個世界仍舊在持續縮減當中。

一個又一個的懸浮島被擊墜。某些島是面臨來到天上的〈獸〉威脅而淪陷，至於某些島則與前者截然不同，是因為島上居民的所作所為而導致墜落。

這是眾所皆知的常識。

並且，也沒有人可以否定這樣的事實。

世界一度瀕臨毀滅。

然後，現在也正邁向毀滅之路。與此同時，還一邊壓榨會哭會笑的黃金妖精的生命，快意享受薄冰上的和平。

「這些傢伙活該要滅絕。」

費奧多爾的視線落在握緊的拳頭上，再次重複著這樣的話語。

†

那天之後，經過了十天左右。

簡單談談這段期間的變化吧。

首先，構成萊耶爾市的機械裝置正順利且急速地持續劣化中。

很久以前，當這個城市不再是礦山都市後，許多技術人員便離去了。三十九號懸浮島遭到〈獸〉吞噬，而傳出下一個就輪到三十八號島時，剩下的大多數人也紛紛逃走了。還留在這個都市的人們，根本沒有辦法去維持這些構成立足之地的機械裝置。

壞掉的機械不會自行恢復。一旦超過了極限，就再也沒有回頭路了。這裡的人只能無視機械狀況不佳，放任故障問題不管，捨棄毀壞的部分，就採取這樣的形式過日子。

在一個月前，這個城市捨棄了將近一半作為分銷樞紐的港灣區塊。然後在這十天之間，發現將近兩成市區的機械部分失去控制，因而指定為危險區域，禁止市民進入。

萊耶爾市還沒有滅亡。但是，正一步步地確實縮減當中。

再來談談另一件事情。

催發出超乎常識的強大魔力的菈琪旭・尼克思・瑟尼歐里斯，因為陷入人格崩壞或其他原因，始終沉睡不醒。

完全沒有恢復意識的徵兆。

除此之外，還有一件想當然爾的事情。

蘋果——那個一有機會就全力往費奧多爾的肚子撞過去的年幼妖精，已經不在這個世上了。

維修建材、砲彈、火藥、食材、各種嗜好品以及其他雜七雜八的東西。他盤查一個個木箱的內容物，並用手上的物資清單比照。比方說，標籤有沒有貼錯，或是數量和記載的是否吻合，抑或是在配送途中，有沒有發生不肖軍人私自侵吞的情形。

這次從護翼軍中央運送來的補給物資數量，足足有兩艘運輸飛空艇那麼多。

†

「——好的，我確實點收完畢了。」

費奧多爾．傑斯曼四等武官從手上的物資清單中抬起頭，環視一圈堆積成山的木箱後，用力地點了點頭。

「對了，清單上這個寫著『保密』的箱子，到底是什麼啊？」他用手背輕輕敲了敲手上的清單。「說是按艾瑟雅二等武官的權限，直接移交過去了。」

「哦，就是上次那個嘛，纏了一圈圈鎖鏈的黑色大箱子。」

「噢，那個一看就很可疑啊。」

「實際上也真的是很可疑。」

隸屬運輸隊的蛙面族（Frogger）一邊吞吐舌頭一邊說道。

「裡面裝什麼也沒有告知我們運輸艇喔，只叫我們小心搬運，不要打探裝在裡面的東西。都沒有具體交代要如何對待貨物，搞得我緊張兮兮的。」

「啊哈哈，真是辛苦了。」

這時候，費奧多爾壓低了嗓音。

「……我聽說，裡面裝的可能是那個『大賢者的遺產』。」

費奧多爾用一種「完全是瞎扯閒聊而已」的口氣說道。

無傷大雅的傳聞是一般軍人的最愛。不出所料，蛙面族瞪大眼睛注視著費奧多爾，表現出對這個話題的興趣。接著，他也跟著壓低嗓音，環視四周一圈後說道：

「就是之前那個都市傳說對吧？這幾年護翼軍最高層之所以忙得不可開交，是因為大賢者已經離開這片天空的緣故……沒錯吧？」

護翼軍這幾年有一點不太對勁。

雖然還不至於端上檯面議論，但檯面下已經悄悄傳開了。

護翼軍是為了保衛整個懸浮大陸群而存在的軍事力量，這是大前提。而且起碼這一點無論是現在還是以前都沒有改變。在這個情況下，這兩三年來，護翼軍開始迷航了。拆解成本昂貴的兵器，反而投注鉅額資金在成效令人存疑的新型兵器上；還有意圖不明的兵力重組。除此之外，還對各自治領域的內政進行干涉，這在過去是令人難以想像的。

迷航的直接原因很明顯，就是出在護翼軍的決策體系上。

名義上，護翼軍的最高決策權在於五名將官。並且，他們每個人都握有決定護翼軍重要動向的權限。

也就是說，事情是這樣子的。即使大家的共同目的都是保衛整個懸浮大陸群，但五個人想採取的方法都不同的話，步調當然就會不一致。而且他們都身居高位，要他們互相磨合想法和意見也沒那麼簡單。雖然護翼軍絕對不算是規模多龐大的組織，但昇到將官這樣的職位，能夠與大都市首長匹敵的權限、責任以及約束都會落到身上。要將官達成共識，等同於要都市之間達成共識。

即使是在這種體系之下，護翼軍也一路風風雨雨地撐到了現在。原因無他，就是因為有大賢者的存在。

大賢者。

應該是放眼懸浮大陸群最負盛名的偉人之中的偉人。

據說當地表的一切即將遭到〈十七獸〉毀滅殆盡時，他是帶領極少數倖存者前往天上大陸群的救世主。而且，在懸浮島之間的紛爭就快要一發不可收拾之際，他協助設立護翼軍，後來便一直在幕後默默關注動向，是偉大的守護者。人們甚至說，沒有他就沒有懸浮大陸群；若是失去他，懸浮大陸群便不可能撐到現在。他就是地位如此特殊的重要人物。

如果說護翼軍名義上的統領是將官，實質上的統領就是大賢者。他不僅是懸浮大陸群歷史的象徵，甚至對於昔日繁榮的地上諸國也鑽研得很透澈。他能健在並擔任統籌的角色不斷引領眾人前進，護翼軍才得以作為一個組織延續至今。

因此，在護翼軍實際開始搞分裂的現在，人們之間理所當然地相互流傳著一件事。

據說，大賢者已經不在了。

可以說是代表著整個懸浮大陸群的偉大守護者，不知出於什麼樣的原因，已經離開這片天空而去。我們必須靠自己腳步前進的日子終於還是來臨了……這便是傳聞的內容。

「我聽到的也是這樣，說大賢者在臨去之際留下一個箱子，裝在裡面的是最可怕的災禍，但這個災禍同時也是最後的希望，能夠將懸浮大陸群從真正的絕望之中拯救出來……諸如此類的。」

「大家也用猜測拼出各式各樣的結論啊。比方說，是能讓〈獸〉得到夏季感冒的病魔，或是對宿醉非常有效，卻也苦得要命的藥丸。還有人猜，其實是大賢者很久以前迷戀的姑娘的肖像畫。」

「大家的想像力還真是豐富啊。」

他們兩人頗有感觸地互相點了點頭。

這種無傷大雅的傳聞，通常都會以不正經的結論作為收尾。閒聊的話題不需要帶有半吊子的現實感，荒唐無稽才是最重要的。

「這次的黑色箱子說不定就是大家說的遺產。在我們觸手可及之處，或許就存在著接近神話等級的浪漫產物。真是令人嚮往呢。」

「話是這麼說，但也不能涉入機密一探究竟啊。謎團就繼續保持謎團，浪漫就繼續保持浪漫，這樣才是最好的嘍。」

蛙面族的雙眼滴溜溜地轉著，大概是在笑吧。

費奧多爾也爽朗地笑著說：「就是說啊。」

這時，蛙面族感覺興味盎然地用喉嚨發出「呱」一聲。

「費奧多爾大人，您最近遇到了什麼好事嗎？」

「咦？」

「相比從前，您的表情看起來開朗許多了呢。」
費奧多爾不知道該怎麼回答。
「……你的錯覺啦，最近沒什麼特別值得一談的事情。」
「這樣啊。」
蛙面族歪起頭，彷彿在說：您們種族的眼睛太小了，實在難以判斷啊。
在距離這裡較遠之處，有一名面熟的上等兵在揮手，喊著：「喂──四等武官，來幫忙一下！」費奧多爾聽到後，便活力十足地揮手回應：「現在就過去！」
「那我就先走一步了。之後的手續會由負責此事的三等技官來接手執行，再麻煩你去找他嘍。」
說完，少年就跑走了。
從那之後，經過了十天。
在這段期間，費奧多爾幾乎都表現得極為開朗。
他的臉上永遠掛著笑容，面對任何人都很有朝氣，工作態度也比以往還要細心。
妖精的存在與特性到現在仍舊屬於機密事項。因此，當時擊敗突然開始侵蝕萊耶爾市的〈沉滯的第十一獸（Croyance）〉一事，被歸功於費奧多爾・傑斯曼四等武官祕藏的最新試作炸彈。

據說當時，蘋果遭到殺害，菈琪旭也被打倒，儘管如此，費奧多爾還是挺身對抗了〈獸〉。即使〈沉滯的第十一獸〉會將包含爆炸在內的一切衝擊都吸收進來，再轉化為侵蝕的衝勁，他還是選擇投出手上的炸彈，如此云云。

在本人不知情的期間出現了這樣的故事，並且在第二師團中廣為流傳開來。

「他實在很了不起啊。」

與費奧多爾同期的蛇尾族（Ophidianthropos）四等武官，對於他近來的表現，似是相當佩服地給出這樣的評價。

「他同時失去了重要的部下和視為女兒般疼惜的孩子，對吧？不過在剛發生這種事情後，他不顧自身危險，確實血刃了仇敵。然後現在還像那樣開朗有朝氣地拚命活著。」

他讚賞地點了點頭，繼續說：

「他肯定是認為，如果活下來的自己沒有保持抬頭挺胸的話，會讓菈琪旭她們感到悲傷吧。其實明明是很想哭的，卻又在逞強。」

「他大概是選擇要以一名士兵的身分走下去吧。」

認識費奧多爾很久的狼徵族(Lycanthropos)上等兵，一臉沉痛地垂下耳朵如此評論。

「只要踏入戰場便無可避免會與戰友死別。要如何面對及應對『失去別離』這件事，每個人都必須找到自己的答案。就算揹負著深沉的悲傷，還是要振作起來繼續戰鬥……」

他緩緩搖了搖頭。表現出自己的感佩。

「這就是四等武官從苦痛的深淵中找到的答案吧。」

「什麼英雄，其實就是踩著別人的屍骨成名的人啊，英雄不過是別稱罷了。」

認識費奧多爾很久的貓徵族(Ailuranthropos)上等兵，對於他近來的表現，用一副厭憎的神情這麼說。

「雖然不清楚到哪一步為止是在他的計畫之內，但實在很行啊。不惜犧牲傾慕自己的女孩子，順利地一再建立功勛，昇官的速度大概也會加快吧。把品格、良知和常識全都拋掉，一心一意地往上爬。」

他哼了一聲，露骨地表現出自己的不爽。

「不得不承認，這種私慾真的不容小覷啊。」

†

「妳怎麼看最近的費奧多爾？」

突然一道聲音從高處傳來，害她差點弄掉堆疊在手上的木箱。

「……你怎麼在那種地方偷懶呢，納克斯先生？」

緹亞忒·席巴·伊格納雷歐抬起頭，用埋怨的表情看著聲音的主人。

「我這是在休息，別說這種給人聽到不好的話啦。」

鷹翼族（Falcon）青年——納克斯·賽爾卓上等兵坐在堆積如山的大型木箱上，眨起一邊眼睛，聳了聳肩。

「像我們這種有翅膀的種族啊，骨骼很纖細，天生就是長不了肌肉的體質，所以不適合做粗活啦。而且俗話說『適才適所』嘛。」

「哦？」緹亞忒對他投以責備似的不悅眼神。「所以你的意思是，妖精既不纖細又長了身結實的肌肉，所以把粗活都丟給妖精就好了，對嗎？」

「才不是，我可沒說到這種地步。」

納克斯微微搖手辯解著，並看向緹亞忒的手邊。

「雖然我不會這麼說，不過妳的力氣其實比外表看上去還要大得多吧？那個箱子應該沒有輕到哪裡去吧？」

「嗯，是這樣沒錯啦。」

她稍微晃一下手中的木箱，調整好姿勢，將重量分散在雙臂和胸前。

箱子裡裝的是護翼軍採用的重火藥砲中，受到廣泛運用的共通規格砲彈。緹亞忒現在手中就疊著三個這樣的木箱。的確如納克斯所說的相當重。單純拿重量來比較的話，可能比緹亞忒本身還要重上許多……應該是這樣。

「我用一點點魔力強化了全身體能。」

她微微晃動身子，藉此證明。

魔力，就是生命力的祕招，只有接近死亡者才能強烈地催發出來，是一種能夠連結到無形力量的無形迴路。像緹亞忒等妖精是以肉身現形的死靈，就原本的意義而言，甚至不該存活於世。因此，她們與操作魔力的技術非常契合……然而……

「我沒有像菈琪旭那樣的才能，無法催發出極為強大的魔力。但反過來說，我也因為這樣，幾乎不用擔心會失控。所以可以自在地運用在這種時候，相當方便。」

「……能夠將擁有的力量妥善發揮出來，也是一種了不起的才能吧？」

「對一個充滿自卑的凡人來說，是不會想被這種道理給說服的。」

她用鬧彆扭似的口吻這麼回答後，倏然小聲說道：

「……一句話，我實在看不下去了。」

「嗯？」

「就是你剛才問我『怎麼看現在的費奧多爾』的問題。」

頓了一下後，納克斯恍然大悟地略點了點頭。

「妳會有這樣的想法，代表妳也看得到那傢伙的真實面貌吧？」

「雖然很不甘心，但我確實看得不能再更清楚了。那傢伙明明很愛說謊，本質卻像個笨蛋一樣率直。」

她刻意「唉——」地重重吐出一口氣。

「那種扮演『戴著眼鏡、認真誠實人又好的四等武官』的虛假演技比以前更完美了。演技有多完美，就表示他有多壓抑真實的自己。」

費奧多爾．傑斯曼這個人，本來就藏有兩種相反的性格。認真誠實的模樣不過是其中一面，背後還藏著壞心眼、惡質又卑劣的本性；而且有時候會微妙地沒藏好，隱隱約約地顯露出來。

但是，現在的他身上，已經絲毫不見那些隱隱約約顯露出來的部分了。

如今的費奧多爾，就是如此徹底地壓抑自己的內心。

至少在緹亞忒眼中，他看起來便是這樣。

「但是，那不過是在自我逃避罷了。反正之後還是要面對現實，到時只會讓心情變得比現在更痛苦而已。」

蘋果不在了，菈琪旭昏睡不醒。這兩個事實當然也導致緹亞忒的內心裂出了一道大缺口。然而，緹亞忒以不同於費奧多爾的原因，選擇不表現出來——身為一個妖精兵，身為一個自身期望為愛凋零的妖精，就此駐足不前是不被容許的事情。

她不打算強迫其他人，也沒有在追求他人的共鳴。這是緹亞忒・席巴・伊格納雷歐自己心中的一點點自尊。

「妳說得還真是斬釘截鐵啊，難不成已經有過經驗了？」

「……才不是。這只是大眾觀點。」

嘩的一聲，納克斯大大地張開鷹翼族的翅膀，從木箱上跳下來，落在緹亞忒的身旁。

緹亞忒有一瞬間期待了一下，以為他會幫忙搬她手上的箱子。但當然不會發生這樣的事情。

「緹亞忒，妳可能已經知道了，費奧多爾他啊，小時候曾經稍微被捲入一樁大事件當中。」

「事件？」

「對，事件。當時從近親遠親到一般點頭之交，總之周遭所有人都過世了。所以，雖然這樣說也不太好，不過失去重要之人這種事，他早就經歷過了。事到如今，就算再遇到相同的狀況，他也不會就此一蹶不振而崩潰。」

不知道這樣算好事還是壞事就是了。納克斯滿臉苦澀地說道。

「都走到這一步了，就算差點一蹶不振，就算差點崩潰，他也不會停下腳步。那傢伙的過去是不容許他這麼做的……就是如此。」

「——納克斯先生和費奧多爾是不是從以前就是朋友了啊？」

「算是吧，從他加入護翼軍的第一年，我們就認識了。在他還沒昇官並獲得個人房間之前，我們一直都是同擠一間房。」

「那麼，呃……你該不會有聽過那傢伙的夢想，或者應該說野心之類的吧？」

緹亞忒稍微聽過一點費奧多爾真心的吶喊。該怎麼說呢，其中的內容感覺不能讓太多人知道……但毫無疑問的，那是他心目中真正追求的未來願景。

他說過，他決定要捨棄這個世界。

他明明隸屬於保護這個世界的軍隊，還擔任四等武官的職位，卻發表了完全悖於立場的言論。那究竟是怎麼一回事？

「啊？」

納克斯探究著緹亞忒的表情，於是她下意識移開了視線。

「哦……姑且聽過一些吧。」

緹亞忒的肩膀擅自震顫了一下。

納克斯壞心眼地眨起一邊的眼睛說道：

「不過，那些事情實在不好在女孩子面前提起耶。」

「啊，是指那方面的啊？」

緹亞忒發現自己想多了的同時，也不禁嘴角上揚。

太好了。她心想。雖然是她主動問起的，但她並沒自信能夠保持冷靜地談論這話題。

「類似想要和貓徵族的美女交朋友之類的嗎？」

「沒錯，還開條件說喜歡有光澤的黑毛等等。」

「真是不知天高地厚的奢望耶。」

他們兩人都呵呵地大笑起來。

「不過，就是那句話吧。」納克斯稍微斂了斂笑容。「不管是過去的誓言還是未來的夢想，只要過度執著，都會引毒上身。」

這句話微微牽動了緹亞忒的記憶。她對這句話有印象，沒記錯的話，應該還有後續。

「我想想——說到底，我們也只是活在現在這個時間點而已。是這樣吧？」

這是她小時候最愛的故事——在重複看了好幾次的映像晶石之中所聽到的一句低語。對於身為退役軍人的主角（帥氣的爬蟲族(Reptrace)），過去的長官（沉穩老練的蛇尾族）一邊吐著菸霧一邊目送他離去，並說出這句道別的話語。

納克斯輕輕吹了聲口哨。

「這麼老派的東西，妳竟然知道啊。」

「碰巧而已。」

這麼回答後，緹亞忒突然將懷中的木箱一股腦地塞給納克斯。

之前也提過了，這些箱子裝滿了砲彈，是搬起來比看上去還要費力的重物。

「嗚耶咿？」

納克斯發出意義不明的慘叫，但並沒有把箱子摔到地上。他把雙手伸到極限，姿勢完全走了樣，臉上滿是大汗，卻仍確實地支撐住重量。雖然平常的表現感覺很軟弱，不過，軍屬上等兵還是有其厲害之處。

「請你搬到四號防濕倉庫。那我走了。」

「等……等一下，緹亞忒，這種重量可不是鬧著玩的啊！」

「瘦弱又沒肌肉的我都拿得動了，納克斯先生一定沒問題的啦。」

「妳這個人偶爾會說出一些非常厚臉皮的話耶！」

緹亞忒把發出慘叫的納克斯拋在背後，逕自離開了。

「脊椎！我的脊椎不太妙啊！」

……雖然嘴上大呼小叫的，但依舊沒有把箱子扔掉。從這一點來看，他不管怎麼說都還是名副其實的軍人呢……就這樣，緹亞忒在這種毫不重要的小事上，對他感到很佩服。

2. 懸浮大陸群的敵人

湛藍的天空。

潔白的雲朵。

不知從哪兒飄來一股提前到來的早春花香。

費奧多爾從窗邊探出頭，呆呆地望著天空，細細反芻無比憂鬱的心情。

他在思考失去菈琪旭和蘋果的那個事件。

他首先就在懷疑這一切是不是姊姊搞的鬼。那個充滿墮鬼族本色，秉性乖僻扭曲的惡女究竟在想什麼，即使是身為同族與親人的費奧多爾也無法想像。無論她心存什麼企圖，或是打算惹出什麼事端，他都不會再感到驚訝了。

不過與此同時，他也感覺到似乎並非如此。在打聽確認過這次事件的詳細情況後，他認為這一切實在太過馬虎粗糙，充滿偶發性，缺乏故弄玄虛的花招。也就是說，他覺得

「不符姊姊的風格」。

假設他的直覺沒錯，是另有其人利用「艾爾畢斯的小瓶」當作賺錢或謀略的工具。雖然他不太想深究這個可能性，但也不能因此就坐視不管。

「……話雖如此啊。」

問題在於針對這起事件的調查本身就窒礙難行。畢竟是關乎「黃金妖精」和「小瓶」這兩項機密的事件。情報來源無可奈何地相當受限。

他有聽取了緹亞忒她們的報告，而熟稔的情報商，同時也是參與逮捕行動一員的納克斯・賽爾卓上等兵也有告訴他更深入一點的情況。緹亞忒她們逮捕到的豚頭族(Ork)商人以及獸人護衛所作出的供述——雖然幾乎是張白紙——他也有看過相關文件。以上就是全部的情報來源。

「只能等那些傢伙獲釋了……嗎……」

既然「小瓶」本身的存在不能公諸於世，企圖以此進行交易的行為也無法被判罪。因此，那些商人表面上的罪名，是擅闖嚴厲禁止進入區域以及擅自啟動機器，還有破壞建築物、騷擾和妨礙軍務等等。

再加上，護翼軍終究是用來抵禦外敵的軍隊，並沒有維護治安的權限。所以，將為非作歹的麾下軍人關進單人牢房的情況，不能和這件事一概而論。他們沒有逮捕一般罪犯的權利。雖然目前是採取「由於屢次發生案件，萊耶爾市的拘留設施已經癱瘓，暫時將罪犯委託給護翼軍管理」這樣的形式來處理，但這種欺瞞的做法總會有極限。恐怕再過不久，他們就會繳交市法規定的保釋金，藉此換取自由。

費奧多爾對此當然感到憤怒還有憎惡。甚至覺得，如果法律無法制裁他們的話，那就由他親自去捅他們一刀算了。然而，費奧多爾有目標、誓言、計畫在身，並且也為此一路努力到了現在。想到這些事情，他才得以打消念頭。

「要是能從那些傢伙身上，再套出一點交易對象的真實身分就好了……」

「費多爾～」

——有個溫暖的小東西「啪」地纏到他腿上。

他往下一看。

只見一個擁有天藍色頭髮的稚嫩少女，緊緊抱住他穿著軍服的下半身。

他才喊出棉花糖的「棉」字，便及時打住。「……莉艾兒。」

他喊出的是這個少女的名字，也就是他前幾天剛得知的新名字。

「咿啊。」

莉艾兒一臉開心地仰起頭，口水都沾到軍服的下襬了。

「好了，快放手。」

「不要～」

他輕輕晃了晃腳，但她的手臂抱得出乎意料地用力，沒能讓她放手。

「費多爾～來玩嘛。」

「抱歉，我現在很忙。」

「每次都這樣，真無聊。」

從那之後的十天以來，這段對話重複了好幾次。

莉艾兒——以前都被稱為棉花糖的女孩——就像這樣依舊待在第五師團裡。雖然聽說之後會送到應該是位於六十八號懸浮島的妖精住所，但至少不會是這一兩天內的事情。

對莉艾兒而言，現在的護翼軍基地似乎是個無聊至極的地方。每當見到面，總會像這樣纏上費奧多爾，任性地要求陪她玩。而費奧多爾都是以繁忙為理由拒絕。

費奧多爾沒有說謊，實際上，他真的有許多必須要做的事情。

但也僅止於不是說謊而已。費奧多爾身上的工作並非全部都很緊急，也不是全部都非由他來做不可。儘管如此，他還是希望讓自己保持忙碌，並以此為理由不斷拒絕莉艾兒。

只要這個少女待在他身邊，他就無可避免地會想起來，會意識到別的事情。

關於蘋果的事。

關於菈琪旭的事。

年幼的孩子自然不懂何謂死別。關於這一點，無論是妖精還是其他種族都沒有分別。

所以他從來不覺得，莉艾兒對於那兩人已不在的事實絲毫不感到悲傷。

話雖如此，看到這孩子不懂悲傷，天真無邪地在他身邊嬉鬧，還是讓他很難受。

甚至連他用盡全力裝出來的資優生面具都要崩解了。

「去找潘麗寶玩不就好了嗎？」

「唔！」

莉艾兒露出抗拒的表情。那個經常用劍來表現情感的女孩子，並不太討莉艾兒喜歡。

雖然覺得她也滿可憐的，但當然是她自作自受的結果。

「那緹亞忒呢？」

「唔唔！」

莉艾兒的表情更抗拒了。那個認真且一板一眼，擁有模範生性格的女孩子，果然一點也不討莉艾兒喜歡。這是她自作自受，根本活該。

那去找可蓉怎麼樣呢？費奧多爾原本想這麼問，但還是吞回去了。他知道可蓉現在處於什麼樣的狀況之中。可蓉一直在沉睡不醒的菈琪旭身旁看護著……與其這麼說，不如說可蓉幾乎都在恍神。至少那不是能夠照顧小孩子的狀態。

（看那樣子……只能盡量別去驚動她了吧。）

費奧多爾用手指揉亂莉艾兒的瀏海。

莉艾兒閉起一邊的眼睛，露出厭煩的表情。

「不要太讓我傷腦筋，回房間自己玩吧。」

「……唔！」

雖然莉艾兒不滿地用力鼓起臉頰，但還是很懂事聽話。費奧多爾便沉默地目送那小小的背影踏著細碎的步伐跑走。

兵舍一樓。前陣子還用來當作預備資料室的空間，現在文件櫃全被搬了出來，再擺張床進去，十萬火急地整理出大致的模樣。現在這裡就是艾瑟雅·麥傑·瓦爾卡里斯按二等武官待遇所使用的房間。

「關於菈琪旭會怎麼樣的問題啊……」

艾瑟雅原本不知在寫信還是什麼，總之她停下寫字的手，將輪椅的輪子轉向面對他。

「這個說明有點長，沒關係嗎？」

「沒關係，麻煩妳了。」

費奧多爾點點頭。

這名女性對於妖精兵這種機密存在似乎非常了解，而且原因不只是她本身就是妖精兵這麼簡單——也就是說在整個體系方面，她比緹亞忒等人掌握到更深入的內情。有辦法探聽的話，他當然想盡量探聽到更多事情。

「我們妖精是不懂何謂死亡的小孩在夭折後，靈魂最後形成的模樣。這你知道吧？」

「是的，她們之前有簡單說明給我聽。」

「你能接受這個說明嗎？」

「不，我一點也無法接受。只不過，就理解是這麼一回事了。」

「能夠理解得這麼快，真的是很可靠呢。」

艾瑟雅樂呵呵地笑了起來。

費奧多爾覺得這樣很不適合她。

她是個身材苗條，樣貌溫婉的人。雖然費奧多爾公開表明自己對無徵種異性沒有興趣，但看到這名女性偶爾浮現的鬱鬱寡歡神色，他心中也會莫名為之一緊。

正因如此，她平常那種和外表很不相襯的說話語氣和笑法，實在顯得相當突兀。

看起來就像是在刻意模仿其他人一樣。

彷彿原本的自己就藏在這張矯情笑臉的後面。彷彿是在說服誰，說在這裡的並不是自己，而是壞心眼地笑著的另一個人。

不知道艾瑟雅有沒有看出少年的內心想法，她轉著筆繼續說道：

「靈魂這種東西本來就是可疑到不行的超自然用語，不過這部分也要請你一併理解。小孩子的靈魂裡，有一點一點的記憶和感情碎片附著在上面。本來的話，那就像是小小塊的汙漬，暫時不會對日常生活造成什麼影響。」

這時候，在艾瑟雅的建議下，費奧多爾就在椅子上坐下來了。

「暫時不會對日常生活造成影響，這樣嗎？」

「對。基本上過一段時間後就會產生影響了，在某些特定情況下還會加快速度。那些『前世碎片』會逐漸侵蝕我們的記憶和情感……粗略來說，就是人格。」

「侵蝕……？」

他的震驚無從掩藏地顯露在表情以及聲音上。

艾瑟雅並沒放在心上，她繼續說明：

「只要好好以成體妖精兵的身分接受調整，就能大幅抑制侵蝕的速度。在接近二十歲之前，都不會出現顯著的影響。而且，本來就幾乎沒有多少妖精可以活到那種年紀，所以不需要硬是當作一個問題來看待……不過，最近有增加幾個例外就是了。」

艾瑟雅雖沒有明說，但費奧多爾可以推測出所謂的「例外增加」的來由。那是因為這五年之間都沒有和〈第六獸〉戰鬥過。沒有戰場的話，當然也不會有用完即棄的兵器。

「只不過，就算持續接受調整，在特定的條件下，侵蝕的速度還是會一口氣提昇。具體來說，像是催發出以妖精的標準而言，都算是『異常』規模的魔力，或是接觸到那樣的魔力。再怎麼說，這都不是能憑一己之力辦到的事情，所以幾乎等同於利用超高位的遺跡兵器來增幅魔力，並全力發揮出來。」

「遺跡兵器。」

在喉間反芻這個詞彙後，他說：

「緹亞忒她們會怎麼樣呢？」

「……那三人倒是不用擔心喔。」

三人。

不是四人，而是三人。

他知道。菈琪旭．尼克思．瑟尼歐里斯並不包含在內。

「真要說的話，伊格納雷歐和卡黛娜都是低位的劍。可蓉的布爾加特里歐雖然勉強算得上是高位，但那種程度不至於造成剛才提及的事態。從我們倉庫裡的劍來看的話，滿足條件的就屬超規格的瑟尼歐里斯，還有……瓦爾卡里斯和黃金蜜酒吧。」

艾瑟雅．麥傑．**瓦爾卡里斯**樂呵呵地笑著。雖然彼此沒有交談過多少次，但費奧多爾心裡明白，這種笑法是用來掩飾某種真實心聲的。

「我想問，人格侵蝕……這種現象，具體來說是怎麼進行的呢？」

「『心靈』逐漸瓦解……應該可以這樣說吧。由於每個人的情況都相差甚遠，案例也實在不多，沒辦法解釋得很精確。總之，記憶無關新舊，都會接二連三地忘卻，情感也會漸漸不易受到牽動。不管處於什麼樣的情況之中，未知的記憶和陌生人的情感都會在腦海中湧現……特別是當情況愈演愈烈時，瞳孔好像也會變成紅色的。」

瞳孔的顏色。

菈琪旭的情況是怎樣呢？他記得不是很清楚。留在記憶中的只有烈火般的赤紅髮絲。

「就這樣，記憶和情感都瓦解而去，之後便慢慢無法維持住人格。」

一陣沉默。

「要是連活命所需最低限度的**碎片**都消失的話，就會陷入昏睡。在那之後無異於屍體。即使身體健在，但內在基本上是空空如也。放任不管的話，身體便會直接溶於空氣中，消散而去。」

「有治療的方法嗎？」

一陣沉默。

艾瑟雅的眼眸看起來有一點濕潤。

那天，費奧多爾對菈琪旭坦白了一件重要的事情，結果最後並沒聽到她的回答。因為他覺得任何時候都能詢問她的答覆，彼此都還有很多時間。他就是如此認為，如此深信。

他們是活在薄冰之上。他不小心忘了這樣的事情。

就算懊悔，就算悲嘆，也沒辦法再倒回去過去的日期。已經失去的對象，便再也沒有相見的機會了。

「這並不是你的錯。」

艾瑟雅的聲音像是在安慰他。

雖然不知道為什麼，但那種溫柔的語氣觸怒了他。

「不是我的錯嗎？也是，當然不是任何人的錯。」

他掩飾不了自己的不耐，透過嗓音傳達了出來。

遇到這種時候，墮鬼族的舌頭會變得比需要的還要伶俐。甚至伶俐到不知道自己在說什麼。而且也無法判斷自己說出來的究竟是無心之論，還是潛藏於內心深處的真實心聲。

「如果能公然怨恨某個人的話，大家也不用這麼痛苦了。只能認命接受而已。全部都是從一開始就決定好的，任誰做了什麼也無法改變。誰也不能反抗已經註定好的命運。只能接受這種說法——」

「費奧多爾小弟。」

他的舌頭停住了。

只有舌頭而已。纏繞於額頭附近的燥熱並沒有褪去。

「——怎麼了？」

「連自己也騙不了的拙劣謊言，實在是讓我很不以為然。」

她平靜地說道。

「為什麼……不對，我哪裡說謊了？」

「從頭到尾都是。我是從緹亞忒那邊聽說的，你自己說過這樣的話吧？你說，為了他人而奉獻生命，這種生存方式和思考方式都是不可原諒的。那麼，你當時應該已經察覺到了，殺死妖精的並不是什麼命運。」

反駁呢？

他的腦袋本能地浮現出好幾種反駁的意見。

然而全部都像是刺梗一樣卡在喉嚨，沒辦法說出口。

「就算真的存在命運這種東西好了，那命運還算是滿寬容的呢。不管怎麼說，我們的戰鬥都是有退路的。」

他知道。

「如果不願戰鬥的話，那就不要戰鬥就好了；如果不願聽從命令的話，那就反抗就好了。儘管如此，若還有妖精豁出性命的話，就表示這是她自願的。因為有值得用性命來守護的事物存在，所以才會這麼做。也就是說……要說是什麼原因殺死那些孩子的話，我只能回答你，是她們自身的意志造成的。」

哦，這一點，他也很清楚。

「妖精在本能上並不懼怕死亡。這句話沒有錯。但是，經過長時間的生活後，妖精的心靈會開始模仿生物，會開始強烈擔心自己的未來會被封鎖住。要克服這些問題且接受死亡的到來，實在並非易事。我不希望你用『命運』這簡單的兩個字來概括這些事情……」

對此他也很明白。他一路以來都有看到、聽到、接觸到她們的心態以及她們的決心。

「既然菈琪旭……和**蘋果**都把性命託付給你，我也希望你別用那種隨便的詭辯來逃避。」

聽到這樣的指責，他已經無路可逃了。

連自己也騙不了的拙劣謊言。沒錯，正是如此。墮鬼族的血正在悲泣。如果父母親和姊姊聽到這段對話，肯定會捧腹大笑。

「我……」

「……我再說一遍，這並不是你的錯。」

艾瑟雅用一種分不清是溫柔還是嚴厲的嗓音繼續說道：

「硬要說的話，是那些孩子自己的錯。若是你無法原諒這一點也無妨。但是，可以的話，請你不要責怪她們。我之前也說過了，這是我個人的請求。」

儘管燥熱尚未褪去，費奧多爾仍舊拚命地從腦內深處擠出一句話。

「我不能答應妳。無論如何，我都沒辦法接納她們。」

「嗯。」

艾瑟雅露出一抹略帶落寞的溫婉微笑。

就是這樣，他才不擅長和無徵種相處。費奧多爾突然重新肯定這一點。

正確來說，是限定於年紀較長的女性無徵種。自己根本沒辦法在她面前裝神弄鬼，應該說，好像被一股不容置疑的感覺包覆，或者說是被緊緊包在裡面，還是該說是被壓得潰不成形，總之就是這樣一種獨特的氛圍。在這傢伙的注視下，他總會漸漸失去冷靜。

仔細一想，菈琪旭也有這種感覺。當然純論年齡的話，費奧多爾是比較年長的，但那種彷彿把人包覆起來的氛圍相當超齡。而且不管怎麼說，他的心已經被她攪得夠亂了。

「……抱歉，我今天就先告辭了。」

他垂下頭不再看她，然後站起身。雖然並沒有多用力，椅子還是「喀噠」地大大響了一聲。

「好的好的，歡迎隨時再來喲。」

不知何時起，艾瑟雅又變回平常那種親切討喜的笑容——不符合年齡，彷彿是個調皮的孩子。朝他不斷張開手又握起來的舉動，到底是哪門子的致意方式？那種像是用演技呈現出來的行為舉止，背後究竟藏著什麼樣的真實心聲呢？

當他要伸手碰觸門把時。

「啊，對了，我有另外一件事想問。」

他像是突然想起似的，朝她問了最後一個問題。

「和這次的補給物資一起送來的『保密』箱子，裡面到底裝了什麼東西啊？我聽說艾瑟雅小姐妳們直接收下，放進醃漬桶（零號機密倉庫）裡了。」

「嗯？你很好奇嗎？」

「算是吧。」

他盡可能用平淡的嗓音說道，裝作不過是閒聊幾句而已。

「既然是寄給艾瑟雅小姐的，就表示可能是妖精兵的相關裝備。我聽說是個很大的箱子，如果裡面是緹亞忒她們使用的那種遺跡兵器，以我的立場而言也不是完全不相關，所以我有必要知道。」

他還對她亮了一下階級章。

「確實是這樣沒錯。」

艾瑟雅看似思忖了一下，然後說：

「不過沒關係，那東西和費奧多爾四等武官沒有直接關聯，就是很常見的一般保密機密而已喲。」

「哦，這樣啊。」

他盡可能用輕鬆的語氣答道。

「那麼，我就不放在心上了。」

「哎呀，沒想到你的反應這麼平淡呢。」

「畢竟不能只憑興趣就去刺探機密吧？不該知道的事，就不能。這點處世之道我還是懂的。」

他很乾脆地撒了謊。

接著，他將手放在門把上，把門打開。

砰。

傳來了奇怪的聲響。

他眼前的地板上，有顆屁股摔在那裡。

從這顆屁股看來，應該是有個不肖分子直到剛才都在偷聽房內的對話，正打算溜掉時，不小心被自己的腳給絆倒了，結果就呈現出頭部著地趴在地上的姿勢。

「嗚唧！」

順便說一下，這顆屁股還傳出了緹亞忒（不太像女孩子）的慘叫聲。

「……唉。」

他嘆了口氣，反手將門關上。

「啊，呃……早……早安？」

緹亞忒半邊臉頰和膝蓋都貼在地上，只有屁股對著天花板翹起，她就維持著這個姿勢，說出重點錯誤的一句話。

「差不多要傍晚嘍。」

「是……是喔，也對，嗯。那麼，晚安？」

「現在還是傍晚而已啊。是說，妳快點起來啦，青春年華的少女可不能一直維持這種姿勢。」

「這是因為……」

猶豫好一會兒後，緹亞忒才答了聲「好……」，莫名溫順地點點頭，慢吞吞地起身。

「妳聽到我們的對話了嗎？」

「嗯……對不起。」

他回頭看室內，只見艾瑟雅露出「這孩子真令人傷腦筋」的微笑，並聳了聳肩。總之，對她來說，剛才那番對話的內容讓緹亞忒聽到似乎也沒關係。

「……無所謂，我們也沒在講什麼必須隱瞞的事情。」

費奧多爾同樣覺得沒什麼大不了的。

「就像我從以前開始就一直說得很明白的，我對妳們的生存方式很不滿，想做點什麼來改變，也打算破壞掉。剛才只不過是重新確認了這一點而已。」

「所謂的破壞，是要怎麼破壞呢？」

「我會想辦法的。想辦法推翻妳們的命運——不對，是前提。」

「所以我問你究竟想怎麼做？」

「現在還不知道，但是，近期內一定能找到的。」

費奧多爾不打算在這種地方和緹亞忒聊太久。所以他不再說下去，推了推眼鏡後，就邁開腳步在走廊上前進。

緹亞忒似乎也無意繼續聊下去。這個少女看起來並沒有追上去的意思，他將她留在背後，愈走愈遠。

不過，他還是有聽到她在最後小聲說了一句話。

「明明就沒有人在求救。」

——照理說，這句話並不是要說給任何人聽的。

費奧爾多聽到後，也低聲說出不打算讓任何人聽到的一句話。

「妳們就是連那種事情都不說出來，才會這麼麻煩啊。」

†

——總有一天，要和這個懸浮大陸群為敵。

——在不遠的將來，必須啟動計畫才行。

他討厭所有忘記末日的懸浮大陸群居民。他痛恨那些傢伙忘記自己是活在多麼偉大的奇蹟上，連明天是建立在多少犧牲上的都不知道。

然後他領悟到一件事。那就是，他自己也不過是那些傢伙的一分子罷了。

什麼遲早有一天，什麼不遠的將來，未免也誤解得太離譜了。一廂情願地認為毀滅是在遙遠的未來，這才是混帳的典型思維。

太過安於日常生活。

還不知羞恥地希望這種日子能夠一直持續下去。

這並不可能，而且也是不被容許的事情。他明明應該知道的。

（蘋果。）

他仍記得那隻小小的手掌傳來的溫度。

也記得頭髮被拉扯時的疼痛，還有她用盡全力撞過來時，內臟差點被撞翻的痛楚。

以及，這一切突然被奪走時，那種灼熱的絕望。

（棉花……莉艾兒。）

他想到剛剛才目送其背影離去的少女。

她現在還是年幼妖精。再過十年的話，就會長為成體。只要接受軍方的安排，她便會以成體妖精兵的身分前往戰場。然後總有一天，她會像菈琪旭一樣，在身體灼焦殆盡後消失。抑或是在那之前，她就會像蘋果一樣，在身體燃燒殆盡後消失。

總有一天，肯定會如此。或者說，在不遠的將來。

——唉。

抬首仰望天空，太陽的光芒格外耀眼。

「真刺眼啊。」

他用手掌擋住陽光，並瞇起了眼睛。

即使這麼做，陽光還是非常耀眼，無法直視。太陽明明在眼前，卻無法確認其樣貌。

「……嗯，也是啊。」

沒有任何人在跟他說話，也沒有任何人在問他問題，甚至他也不知道自己在應聲附和些什麼。儘管如此，他卻對這件事不抱一絲疑問。費奧多爾點了點頭。

「意思就是，差不多該開始了吧。」

他彎曲手指，張開的手掌變成了拳頭。

他朝著天空高高地舉起拳頭。彷彿是在對天空本身發動挑戰一般。

萬般慎重之下，他才得以準備到這一步。自從艾爾畢斯集商國毀滅後，費奧多爾・傑斯曼這五年來的時光全都投注了進去。現在應該已經打好立足的基礎，足以起步奔馳了。因此，沒有必要再繼續駐足於安逸的日子。

肯定早該開始了吧。

與世界為敵的，最初亦是最後之戰。

3. 歸返之人

醫務室隔壁的小房間裡，搬進了一張小床和椅子。房內配置的櫃子上，擺著最低限度的應急醫藥品。

然後就沒有了。

只備有最低限度的必需品，除此之外不再放其他日常用品。就某方面而言，陳設擺置相當適合這個房間的居住者。這裡就是菈琪旭．尼克思．瑟尼歐里斯的病房。

從失去意識的那一天起，少女就一直在這裡安穩地沉睡著。

連睡著的呼吸聲都聽不到。

碰觸她的胸口也感覺不到心跳。

然而只要接觸過，就會發現她的身體還留有一點體溫，表情很恬靜。

雖說已經逝去了，看起來卻不太像屍體。搞不好說什麼人格崩壞只是某種誤會而已，可能再等一陣子，她就會醒來，然後露出不好意思的笑容——就算有人抱著這種希望，也不會有人敢加以責備吧。

「可蓉。」

可蓉．琳．布爾加特里歐垂著頭坐在床邊的小椅子上，聽到有人喚自己的名字，便抬起了頭。

一縷櫻色髮絲順著憔悴的臉龐滑落下來。

「……幹麼，潘麗寶？」

「已經很晚了，妳還是回房去，上自己的床睡覺吧，妳的臉色有夠差的。」

她回頭一看，發現潘麗寶．諾可．卡黛娜正在開窗戶。

略帶寒意——但相當清爽的空氣吹動花朵圖案的窗簾，往房裡灌了進來。

窗外很黑。她心想：啊，真的已經很晚了。

萊耶爾市擁有各種比其他都市先進的技術，如今也可以使用以雷電為能源的照明設備。那東西遠比蠟燭和提燈還要亮，宛如太陽般照亮整個室內，實在很方便。但是，如果房間不會變暗的話，可能就很難察覺到夜晚的來臨了，這也很麻煩。

「我還想在菈琪旭身邊多待一下。」

她邊說邊伸手摸了摸自己的眼睛下緣。雖然不是很確定，但感覺真的有點凹陷下去。

「妳就一直這樣說，都不知道過多久了。」

「我知道。可是，真的再一下下就好了。」

「這句話我也聽過很多次了。」

潘麗寶無奈地說道，然後在可蓉旁邊坐了下來。

「雖然我這樣說很殘忍，但就算妳一直待在這裡，菈琪旭也不會回來的。」

「嗯。」

「我很害怕。再這樣下去，感覺連妳也會跟著菈琪旭的腳步，從我們面前消失。」

「嗯……」

可蓉用毫無幹勁的嗓音咕噥著回應。

「抱歉讓妳擔心了。」

「想道歉的是我才對。」

潘麗寶露出無力的微笑，然後將可蓉的頭擁進懷裡。可蓉沒有反抗。於是，潘麗寶緊緊地將她的眼部壓在自己的胸口上。

壓抑的抽泣聲，從可蓉的口中溢了出來。

可蓉·琳·布爾加特里歐是一個「開朗的少女」。總是充滿朝氣，活潑到令周遭的人覺得很頭痛，而且討厭思考困難的事情。雖然身體隨著年紀增加而長大，但本性依舊是個小孩子，完全沒有改變。

周遭許多人都是這麼看待她的，而她本身也有自覺，倒不如說，她積極地想要讓自己保持這樣的個性。

不過，任何事物都是有極限的。總有耗盡朝氣的時候；總有動不了的時候；總有討厭的思緒不斷在腦中盤旋的時候。

同理，可蓉總有沒辦法繼續保持開朗的時候。

「……不會分別太久的。」

潘麗寶輕輕地拍著可蓉的頭，低聲說道：

「菈琪旭證明我們催發的魔力對〈沉滯的第十一獸〉有效。照這樣下去，當決戰日到來時，緹亞忒和妳我三人應該都會開啟妖精鄉之門。」

可蓉的肩膀震顫了一下。

「這麼一來，雖然時間上有些落差，不過，我們四人都會以相同的方式終結生命。」

「……一點也不高興。」

「這就取決於妳怎麼思考了。或許不令人高興，但也不會寂寞。」

「我不想要思考。」

「這麼任性啊，真的很像妳的作風。」

「唔。」

可蓉埋在潘麗寶柔軟的懷抱中，閉上了眼睛。

「我們不就是為了終結生命才來到這裡的嗎？」

「是啊，為了見證我們腳下的道路。」

「是為了尋找道路。」

「唔，這是見解的差異。我感到有點失落喔。」

可蓉心想：我們幾個真是不一致。

說到底，對於她們四名成體妖精兵被派來這座懸浮島一事，身為當事人的她們都持有不同的看法，各自懷著相異的目的接下了命令。她們一直認為就算這樣，四人還是能夠並肩前進，然而事實卻並非如此。

潘麗寶覺得，她們是為了見證腳下的道路而來到這裡的。

相比之下，可蓉的答案是為了尋找道路。

如果緹亞忒人在這裡的話，她大概會說，是為了替後面的孩子開拓出道路；如果菈琪旭醒著的話，她大概會說，是為了腳踏實地走在道路上。

這些差異，實在令人感到很失落——對，沒錯，就是失落。

「要是讓費奧多爾聽到這些話，不知道他會說什麼。」

突然聽到這個名字，讓可蓉有點困惑。

「嗯……這個嘛。」

「他可能會生氣吧。」

「那傢伙老是動不動就生氣。」

「真的。」

雖然只有表情和聲音而已，但潘麗寶還是「啊哈哈」地笑了起來。

†

其實，還有另一名少女也在場。

嚴格說起來，「在場」是不恰當的說法，但總之她就是存在著。

少女在忘我深淵的對側流連徘徊。

並且，少女心中有一股莫名的怒火。對於可能已經失去一切的她而言，這股怒火恐怕是她唯一的所有物。

這名少女早已死去了。

她認為，她在看著遠方的某樣事物。

她認為，那是一個如同廢墟般的奇異場所。

她認為，有某個人在那裡，而且那個人身材嬌小，擁有烈焰般的赤紅髮絲。

但是，每件事都是不確定的。

她不知道原因。雖然不清楚，但就是能感覺到，那是很久以前，「她們」彼此相繫的場所。

經過漫長歲月，在靈魂幾經輪迴之中，便離這個場所愈來愈遠了。

連結應該還沒有斷掉，所以才能看得見。

連結應該就快要斷了，所以才漸漸模糊。

——啊，話說回來。

溶解般的意識一隅，浮現出一個小小的疑問。

這個「自己」，究竟是什麼呢？

她直覺認為自己應該死了，也明白這並不屬於妄想或誤解那一類的事情。然而各方面都有所矛盾，違背了道理。

死者照理說會失去一切，她的心中卻有一股無處可發的奇怪怒火盤據著；死者照理說什麼事也無法做，她卻不知為何可以進行「思考」。這到底是怎麼一回事呢？

當這種疑問在她腦中纏繞時，她的眼角餘光忽然看到有微小的光芒在搖曳晃蕩。

又多了一個疑問。照理說，這裡不會有任何東西，因為這個地方不接納一切異物，只會有「自己」存在。那麼，這團濛濛微光到底是從哪裡蹦出來的呢？

你是什麼東西？

她不耐地問道，但並沒有得到任何像樣的回應。

相對的，光芒開始走動了。它筆直地朝她這邊走來，沒有一絲猶豫。她這才發現，那團光芒的形狀看起來像是一個人。

愈是接近，光芒就愈是耀眼。少女感覺到理應不存在的眼底產生一股刺痛，不禁瞇起了心中的眼睛。

在她這麼做的期間，光芒也繼續走著。邁著同樣的步伐，邁著同樣的速度，毫不迷茫地走來。

要撞上了。少女感覺到這一點，便用力閉上心中的眼睛，將那團太過龐大的光芒趕出視野之外。她繃住虛幻的全身，準備承受多多少少的衝擊。

然後，那團光芒……恐怕是將少女吞噬進去了。先行封閉住心靈的少女，已經無法理解那一瞬間發生了什麼事情。

她能夠理解的事情只有一個。

那就是，在經過那一瞬間之後，「自己」身上發生了何事，僅此而已——

†

——床鋪的彈簧發出嘎吱的聲響。

可蓉抬起頭。

潘麗寶扭過頭去。

在兩名少女的注視下，造成聲響的本人緩緩地撐起身子。

首先在可蓉臉上劃過的是輕微的混亂，因為發生了不可能的事情。接著又轉變成一抹單純的驚愕，因為從未想像過的狀況在眼前上演。

「菈……」

吐出這個字後，經過足足幾秒的時間，她的眼眸以及臉頰都漸漸湧上喜色。然後，宛如乍迎春天的花朵般，綻放出滿面的笑容。

「菈琪……」

可蓉終於得出一個結論：菈琪旭醒來了。

從潘麗寶的懷中掙脫出去，張開雙手盡全力撲到床上——她差點這麼做了，不過理智在最後一刻阻止了她。可蓉嬌小歸嬌小，還是具有一定的體重。平常還沒關係，但對方才剛從長久的昏睡中醒來的話，猛力撲過去應該不太好。

所以就算要抱住對方，也必須好好思考怎麼抱才行。盡量避免從縱向造成衝擊，雙手要從斜下方伸進去摟住對方的肩膀和脖子，再將關節——

「慢著。」

「唔欸？」

發生了一件可蓉完全沒料到的事情。

潘麗寶伸手抓住她的襯衫後領，將她用力往後拉。

可蓉發出類似被掐住脖子的聲音——或者說就是被掐住的聲音——同時一屁股跌坐在地板上。

「妳在幹麼啦！」

她這麼抗議道，與其說心懷憤怒，不如說是困惑。

潘麗寶沒有回答可蓉。別說是回答了，她根本沒在看可蓉。她的視線直直地盯著在床上撐起上半身的菈琪旭。

「……潘麗寶？」

即使可蓉喚了她的名字，她還是沒有回答，取而代之的是——

「好像不太對勁。」

潘麗寶冷靜地警告道。

什麼事不太對勁？可蓉原本想這麼問。菈琪旭醒了，此刻最值得慶祝的就是這件事，那麼潘麗寶究竟在顧慮些什麼？然而她沒能問出口，因為潘麗寶的表情不容許她這麼問。

菈琪旭她——閉上眼瞼，然後又張開，重複了好幾次。

她將雙手的掌心伸到眼前，握起，張開。左手做完這個動作後，再來換右手。

接著，她輕輕地觸摸自己的身體。

這一連串的舉止確實不太對勁。她大概是感到有一點混亂，搞不懂目前狀況吧……這一看就知道了。到這裡可蓉還可以理解。但是，如果只是這樣的話，她應該也能稍微分一下注意力給周遭才是。

現在的菈琪旭，該怎麼說呢，看起來似乎正在試圖搞懂自己的身分。彷彿這不是她本來很熟悉的自己的身體。

「菈琪旭。」

潘麗寶謹慎地喊出這個名字。

然後，菈琪旭緩緩地轉頭看過來。

「妳的身體狀況怎麼樣？」

菈琪旭沒有出聲回答。相對的，她原本渙散的目光慢慢開始聚焦。半夢半醒的表情也一點一滴地轉為清醒。

大概是到了這一刻，她才終於弄懂情況了吧。

只見菈琪旭的臉上，露出一種近似於憎惡，萬般警戒的神色。

「咦？」

菈琪旭·尼克思·瑟尼歐里斯是個……不對，在還沒得到這個名號前，從她仍只是菈琪旭時開始就是個文靜的少女，性格既溫和又怯弱。可蓉過去從未看過她因為憤怒、憎惡等激烈的負面情緒而臉龐扭曲的模樣。在將近十年的相處歲月中，一次也沒看過。

然而，現在究竟是怎麼一回事呢？

「妳！」

她以一股狠砸出去般的勁頭厲聲大吼。

與此同時，她以迅雷不及掩火之勢揮出手刀，直擊可蓉的咽喉。一般士兵遇到這種速度根本連反應都來不及。但是，這必殺的一擊並沒有成功逮住下意識後退的可蓉。菈琪旭能觸碰到的，只有比身體慢了點移動的一縷櫻色髮絲。

菈琪旭毫不猶豫地握緊那一縷髮絲。

「呀啊——？」

菈琪旭拚盡全力，或者說是任憑衝動地扯斷了那縷髮絲。

她從床上跳了下來。不知道是否是因為長時間躺臥後突然動起身體，還是同時間有其他因素影響——她痛苦地扭曲臉龐，彎起身體。

「果然啊。」

潘麗寶往前踏出半步左右，掩護呆愣的可蓉。她將重心下沉，擺出架勢以防攻擊。

菈琪旭的目光略過了潘麗寶，筆直地往可蓉射過去。

「……妳是……錯不了……雖然我想不起來……不過我有印象……」

她的聲音混濁不清，彷彿是硬擠出來似的。如果她說自己是因為想不起來使用喉嚨的方法，搞不好聽的那一方就直接相信了。

「妳是……我的……敵人……」

可蓉耳邊傳來一道小小的「咿！」的聲音。

慢了幾拍後，她才發覺那是從自己口中發出的驚叫聲。

「看樣子，也不像是在開有點惡質的玩笑啊。」

潘麗寶的聲音還是一如往常相當沉著，或者說是裝得很沉著。

「可以解釋一下妳現在是什麼意思嗎，菈琪旭？還是說……」

潘麗寶伸長手，將可蓉護在身後，問道：

「——我應該先請妳報上名來比較好呢？」

一道強風吹來。

窗簾猛烈地翻動著。

菈琪旭身子一動。她面向敞開的窗戶，猛力蹬起那雙應該依然無力的腳——跳進了黑夜之中。

潘麗寶沉下身，準備追上去。

不過，她在這時停止了動作。

因為可蓉的手指用力抓住了她的衣襬。

「可蓉？」

「對不起……」

可蓉心中也很清楚，不該留下她才是，必須讓她追上去才是。但是，她沒辦法如此，沒辦法忍受自己一個人被留在這裡。

她的雙腳在發抖，站不起來。

「對不起……不要留我一個人……」

她無法停止顫抖。彷彿是這具身體在控訴不想站起來，不願意起身去追現在那個菈琪旭的背影，那個理應是她的重要朋友的身影。

潘麗寶的視線在可蓉和敞開的窗戶之間徘徊。

「反正不管怎樣，都已經追不上了吧……」

潘麗寶沉靜地說道，然後拉起可蓉的臂膀，架在自己的肩膀上。

「好吧，我不會留妳一個人的。但是，也不能只是呆坐著什麼也不做。這很明顯是異常狀況，必須盡快告知學姊她們才行。」

她小小地發出「嘿喲！」這樣帶有幹勁的聲音，撐起可蓉的身體，讓她能夠站起身。

「……潘麗寶，雖然妳基本上算是很溫柔的人，不過還真是紀律嚴謹啊。」

「因為我是在良好的教育下成長的。妳走得動嗎？」

「嗯，我努力。」

她們兩人貼著彼此的身體，離開了房間。

醫務室隔壁這間緊急整理出來的病房，在相隔十天後，終於又沒有人住了。

4. 閃耀的眼瞳

費奧多爾．傑斯曼的計畫究竟是什麼呢？

其實他的計畫和五年前艾爾畢斯國防軍——他的姊夫率領的組織正在試驗的計畫非常相似。雖說是非常相似，卻在根本上存在著巨大的差異。

艾爾畢斯國防軍的計畫目的在於「喚起〈獸〉對懸浮大陸群所造成的威脅」。因此，他們將判斷為有辦法壓制的〈獸〉帶進懸浮大陸群並釋出，意圖呈現出受害災情的情景。

然而，那些〈獸〉展現出超乎預期的強大威力。導致計畫以失敗告終。兩座懸浮島遭到〈獸〉吞噬，人們再次將那種恐懼刻劃在心中，但就算如此，人們還是沒有改變原本的作為。不管是事發之前還是之後，能夠對抗〈獸〉的恐怖威脅的，都還是只有護翼軍這一支戰力而已。

費奧多爾思考過後，得出一個結論。

當時的國防軍以及他的姊夫，犯下了三個錯誤。

其一，是試圖用軍隊這樣大規模的單位來實行理想。畢竟龐大的集團會有許多不同的價值觀混雜在其中。在一個眾多價值觀混雜的地方，很難將一個理想完完整整地分享給所有人。每當增加一個夥伴，複雜的部份會變得更單純，比較敏感的部分會被另作解讀，需要決心的部分會被置換為利害計算。到了最後，理想這個詞彙只剩下空殼，變成用來將各自的慾望正當化的免罪符。

其二，是搞錯了順序。他們設定自己艾爾畢斯國防軍為取代護翼軍與〈獸〉戰鬥的對手。這樣一來，就沒辦法透過這場作戰去否定護翼軍這種系統了。就算是最好的情況下，作戰順利成功了，人們也只會當作他們是新的護翼軍罷了。

至於其三，是他們堅信自己的行動屬於正義。即使這一切充滿欺瞞，但要從感到滿足的人身上剝奪現狀的行為，將會招致怨恨和憎惡，會被稱為惡人。這是很理所當然的事。然而他們不願接受這種「理所當然」，試圖自居為正義。所以，他們才會被抱持相反立場的人們的正義所擊潰，最終淪落為最醜陋的惡人。

因此，費奧多爾得出了結論。

任何人都該持有武器。任何人都該擁有戰鬥的權利和舞臺。任何人都該與死亡比鄰。

任何人都該面對懸浮大陸群的現實。

在這段過程中，勢必會引發數不清的戰爭，也會散播不合情理的死亡，並導致大量懸浮島墜落。在面對過那樣的鮮血與淚水後，人們才會明白，他們從未擁有安穩的生活。能夠活下來，能夠免於死亡的幸運，原本應該是非常難能可貴的事情。

而為大家指引這條道路的人，必須具備自覺與自尊，攬下破壞現今世界的責任——成為無可救藥的惡人。

這就是，當年十二歲的費奧多爾所做出的結論、決心以及誓言。

然後，費奧多爾知曉一件事。

他從即將遭到處刑的姊夫口中得知，最初發生在十一號懸浮島——科里拿第爾契市的艾爾畢斯事變的來龍去脈。

「據說護翼軍徹底擊殺了出現在市內的〈嘆月的最初之獸(Chantre)〉。他們藏著具有如此力量的必殺兵器。」

姊夫說這句話時，目光失焦，顫抖的嗓音半帶著恍惚。被混亂、後悔與罪惡感所占據的這個人，看起來實在不像是以往那個總是自信滿滿，信念堅定的姊夫。

「而且他們還收走了〈最初之獸〉的亡骸。雖然搬運地點被巧妙地掩蓋起來了——但絕對是在大賢者那邊沒錯。」

費奧多爾不可能會忘記。

他不可能會忘記。〈嘆月的最初之獸〉，以及將不死不滅的它徹底擊殺的超級兵器。從實質上破壞掉艾爾畢斯國防軍的計畫的，就是這兩樣事物。並且，現在兩樣都握在護翼軍的手上。

——所以那一天，他才會選擇成為護翼軍的士兵。

不管要花多少時間，不管要付出多少犧牲，他都要揭露護翼軍暗藏的祕密，將其奪到手。然後，一償夙願。

姊夫所提倡的雖然是正義的理念，但他用錯了方法，辜負了他的小舅子費奧多爾．傑斯曼的期待。

因此，費奧多爾決定只能由自己親自來矯正這樣的錯誤——

†

零號機密倉庫，通稱「醃漬桶」。

在幾個機密倉庫裡，是各種最不妙的東西集中堆放之地。

想當然的，這裡在整個護翼軍基地當中也是戒備最為森嚴的地方。由於位在第一兵器庫地下，自然不會有能夠作為入侵管道的窗戶，而且牆壁是用堅固的鋼鐵製成的，也不可能透過挖隧道的方式進入。出入口只有一扇沉重無比的金屬門，上面還嚴密地設有五道大鎖和警報裝置。

如果想在不引起騷動的情況下進去裡面的話，必須會同握有鑰匙的數名尉官，並且告知警備室後，才能打開這道正門。

為此，有多達十一張的文件須蓋章，最少得花三天來處理。就連在這裡擁有最高權力的一等武官也不准擅自出入。

以費奧多爾·傑斯曼四等武官的立場而言，當然也不能大搖大擺地隨意進入。

（……很好。）

費奧多爾屏住氣息，躡手躡腳地跑在通道上。

這五年來，他已經把這個區塊調查得一清二楚。儘管不能誇大說閉著眼也能來去自如，但別輕忽大意的話，還是有辦法四處跑動。

巡邏人員每二十分鐘來一次，順利撐過去後，會有一段短暫的空檔。

至於警報方面，只要掌握住會發出警報的裝置與地點，就能動一點手腳讓它們閉嘴。

破解五把大鎖的備用鑰匙也全都準備好了。

他也帶了潤滑油來減低開關門的聲響，而且當然選擇具有揮發性的，不易留下痕跡。

接下來需要的，就是別在關鍵時刻犯錯的細心、謹慎與膽量，再加上一點點的幸運而已。

（冷靜……莫慌……莫急……）

他一邊不斷對自己說著，一邊重複執行在腦中演練過數十遍的步驟。

在微微嘎吱作響的同時，門也開了。費奧多爾僅打開所需的最小縫隙，就迅速地動身溜進了室內。

他小心地注意避免發出聲響，將門關上。

「——呼……」

感覺全身力氣都抽乾，當場就要昏倒了。

他安心地吁出長長一口氣。

在因緊張而狂跳不已的心臟平復下來之前，他先在原地等一下，然後將滴答直流的汗水全抹到下巴擦掉。

（折壽了……）

護翼軍第五師團的人手漸趨不足。就算戒備再怎麼森嚴，只要肉眼的數量不夠，還是會出現漏洞。雖然他這次挑戰強行鑽進這個漏洞之中，不過到目前為止似乎都還算順利。

眼睛稍微習慣黑暗後，他便點亮帶來的小型燈晶石，利用最低限度的亮光環視室內。

這個空間並沒有多寬闊，但也絕對不狹小。

成排的大型貨架上，堆積著各種大小不一的木箱。他將亮光舉到手邊的木箱側面，閱讀標籤。只見上面寫著「亞科里潛入諜報員名簿」，雖然他不是不感興趣，但這不是他來這一趟的目的，因此暫且還是移開了視線。

他躡手躡腳地陸續確認木箱，還看到了「堤恩．帕克事件證物」、「至天思想典正本」、「背反時鐘設計概念圖」等標籤。有的似乎在哪裡聽過，有的則完全摸不著頭緒。

這些東西應該各有不同的價值，但都被判定為會對現今世界造成危害。想必其中也混有可能會破壞掉一兩座都市或懸浮島的物品。

（數量還真驚人啊……）

第五師團駐紮於此約莫是在艾爾畢斯事變當中，〈第十一獸〉吞噬三十九號島前後的事情。據說兵舍和倉庫等地方的前身都是某種教育設施，是收購下來後緊急裝修成現在的模樣。

從那之後才經過短短幾年，就已經累積了這麼大量的禁忌之物。當中應該也有一些原本是其他師團的所有物，後來才搬運過來的。但就算將這些物品列入計算，還是覺得相當多。

仔細一想，如今活在這個懸浮大陸群上的諸多種族，之前都是各別分布在那片廣闊的大地上生活的。將他們全都密集地集中在懸浮大陸群這個世界裡，理所當然會非常不安定。何時會相互爭鬥、分崩離析都不奇怪。

現在只不過是因為有〈獸〉這個顯而易見的外敵存在，導致那樣的危險並不醒目，但那種意義上的毀滅也始終如影隨形，伴隨在大家身邊。而這些「危險物品」可以說就是最好的證明——

費奧多爾停下腳步。

他眼前有一個大概雙手環抱大小的木箱，上面貼的標籤寫著「艾爾畢斯的小瓶」。

「很好。」

似乎是不想造成衝擊，因此木箱上並未釘有釘子。費奧多爾重新戴上皮手套，謹慎地打開上蓋，接著將手伸進緩衝材料，拿出了三顆用保護紙包起來的球狀物體，然後將保護紙撕開。

他在尋找此行的目標物，也就是包著紫色塊狀物的小小玻璃珠。

「很好很好非常好。」

雖然包裝得相當誇張，但考慮到這種玻璃珠的危險性，倒也沒什麼好奇怪的。要是「艾爾畢斯的小瓶」裡封印的〈第十一獸〉被釋放出來的話，一切就都完了。想到這一點，不管墊多少緩衝材料都沒辦法消除擔憂吧。

然而，費奧多爾知道。這種玻璃珠實際上比外觀要來得堅固厚實。

就算遭到粗魯一點的對待也不會產生任何問題。除非將它擺在大規模爆炸的中心點，或是從非常高的地方摔到堅硬的地面上，否則別說是碎開了，連裂痕都不會有。

「不過，誇張的包裝對我來說正好。」

他從口袋裡掏出大小相仿的圓石，包進剛才的保護紙裡，然後塞進緩衝材料中，再將木箱的蓋子蓋回原位。

這種魚目混珠的手法很粗糙，只要眼尖一點的人打開這個木箱，大概立刻就會遭到識破。但是，平常不會有人進入這間倉庫，而且也無法進入，所以近期內發現遭竊的可能性極低。

好了，到這一步都很順利，然而問題是在這之後。

如果現在就鬆懈下來，導致脫逃失敗的話，那可就前功盡棄了。直到仔細清掉入侵的痕跡，神不知鬼不覺地回到自己的房間為止，都不得有一絲疏忽。

當他打算在重新打開門之前，先關閉燈晶石的光芒時——

驀地，他發現了某個東西。

只見倉庫一角，正擺著一個由好幾道鎖鍊重重綑起的黑色大木箱。

那個木箱大而細長，感覺足夠容納一名成年男性躺在裡面，再搭配黑色這種顏色，看上去簡直像是一個棺材。

有某種冰冷的感覺竄上了他的背脊。

他的嘴角不禁抽了抽。

「這是——」

和他聽說的外觀是一致的。

這恐怕就是不久前出現在話題中的那個吧。

也就是，和補給物資一起運送到這座懸浮島的保密機密。那個由艾瑟雅直接簽收，然後立即搬到這裡的不明物體。傳聞它的真面目是大賢者的遺產，但當然無從判定真偽。

儘管如此，對於箱中的東西，費奧多爾心中有一個極度接近肯定的推測。

「——這就是，大賢者的遺產。」

他躡手躡腳地走近木箱，檢查側面。

原本貼在木箱側面的標籤被人塗黑了，旁邊則用有點潦草的醜字重新寫著「死亡的黑瑪瑙（Black Agate）」。

從容器的大小來看，裡面應該不可能放著真正的黑瑪瑙吧。想必是使用和內容物有所關連的名稱作為暗號。

他將手伸進鎖鏈的縫隙之間想打開上蓋，但打不開。

接著，他嘗試舉起木箱。雖然他內心早已有底，不過真的相當重，實在不可能悄悄地搬出去。

如果打破木箱，只取走裡面的東西呢？不失為一個好辦法，但需要耗費許多時間，也要有工具在手。然而，費奧多爾原本就只打算來偷走「小瓶」，因此憑他帶過來的裝備，應該不太能打破木箱。而且想當然的，在巡邏人員再次來到這個倉庫之前，他沒多少時間可以浪費了。

「現在只能放棄了吧。」

能夠確認這東西放在這裡已經是意想不到的收穫，不能再貪心了。於是，他懷著依依不捨的心情，或者應該說是被強制帶走的心情，決定動身逃脫。

他同時在心中發誓，近期內一定要再回來這裡。

†

費奧多爾的精心準備奏效了，回程也相當順利，沒有犯下任何失誤。

他鑽過警備的視線之間，成功離開醃漬桶逃了出去。

當他獨自走在夜路上時，肚子響亮地叫了起來。

直到剛才為止的那段時間都脫離不了緊張，大量消耗了他肚子裡的能量。雖說肚子沒有在途中發出叫聲已是萬幸，不過——

「……唉。」

小瓶的事情，那個黑箱的事情。

他有想要思考的事情，以及必須思考的事情。但因為肚子餓的緣故，造成腦筋運轉不順利。他好想要吃甜食。

他在沒有半點人影的路上隨意亂晃，並且習慣性地摸索著口袋。裡面當然沒有放任何可以吃的東西。他的心中充滿絕望，自然而然地冒出「要是世界毀滅了該有多好」等等的想法。肚子餓時，腦子裡轉的都不會是什麼好事情。是說，他填飽肚子時想的也是類似的事情就是了，不過那又是另外一回事。

時間已經很晚了，餐廳和小賣部理所當然都關門了，而且在口袋塞著「小瓶」的情況下，他也不想四處去閒晃。回到自己的房間後，應該有先前買來放著的糖果可以將就一下。沒問題的，等到早上之後，餐廳就會開門了，畢竟沒有永無止盡的黑夜——

「嗯？」

他察覺到隱隱有嘈雜聲。

那是幾個士兵在走廊奔跑的聲響，也能聽到他們快速交談著什麼的聲音。由於隔著一段距離，他沒辦法聽清楚詳細的內容，但還是能判斷出他們似乎是在追某個可疑人物。

可疑人物。

難道事跡敗露了嗎？他的心臟幾乎要跳出嘴巴了，不過，他發現他們追的對象好像不是他，便鬆了口氣，在內心撫平情緒。

如果不是他的話，那大概是又有竊賊之類的出沒吧。

雖然這陣子數量減少了，然而那種宵小本來就不是很少見。軍事設施內到處都是沒有在民間上市的裝備與器材。儘管必須做好要冒著不少風險的心理準備，但得到的回報想必是值得他們這麼做的。

或者，也有可能是來進行破壞的特務。如今與〈第十一獸〉的大戰在即，這倒也不是不可能會發生的事情。這世上存在著無數的盤算。儘管護翼軍是懸浮大陸群的守護者，也不代表整個懸浮大陸群都樂意接納他們的存在。被守護的一方講出自私自利的言論這種事情，無論在何時何地都有可能會發生。

「……誰都無所謂，可別太亂來啊。」

費奧多爾自身的處境就像是潛入護翼軍的一條毒蟲。身為同道中人，他是很想聲援那名可疑人物，但他此刻是煩躁感更強烈，很想告訴對方，要是警戒增強了，害他往後難以行動自如怎麼辦？也就是說，他希望對方要逃的話，就盡快逃遠一點。

這時，他停下了腳步。

風吹動草葉，傳出類似躁動聲的音波。由於混雜在其中，所以他察覺得太慢了。有一道氣息潛伏在附近。

敵對之意、加害之意、隔閡之意、殺戮之意。與以上四者皆非，卻又很相似的某種意念正衝著他而來。

他暗叫一聲不妙。

費奧多爾這個人對單純的鬥毆很不拿手。

他知道怎麼用劍，也略懂體術的基礎。他早已習慣將兩者運用自如，再搭配動用到全身的詐術，來偽裝成維妙維肖的武術。如果對上這方面的高手的話，他雖然不保證一定能贏，但有自信可以展現出像樣的對戰。不過，換句話說，這就是劇場型的力量，必須做好準備，並且在一對一的決鬥場才能發揮作用。要是對手不分青紅皂白就打過來，甚至連他的動作都不看，全憑力量進攻的話，詐術這種東西根本不可能派上用場，更別說是遭到出奇不意的襲擊了。

而且，萬一局面演變成正正當當的實力比拚，就他這種瘦弱的墮鬼族，既沒正經練過劍，也沒好好鍛鍊過體力，絕不會有勝算的。

他重新確認一次狀況。時間已晚，路上沒有半點人影，而他則獨自一人走著。姑且不談這裡是軍用地的話，完全合乎歹徒出現的條件。

他現在該一口氣狂奔起來，還是大聲求救——

唰的一聲。

聽到這個聲響時，已經太遲了。

他連回頭的時間都沒有，右後方的死角遭到一記強烈的衝擊，還來不及接招就被擊倒在地上。不知道對方是否看準他剛好呼氣，當他被襲擊時，肺中正缺乏空氣，所以他一時之間根本叫都叫不出來。

（唔……！）

他忍住肩膀的疼痛，扭動著翻身。首先映入眼簾的，是一襲看起來很乾淨的白色病袍，在夜色當中相當醒目。接著他看到的，是一頭亮橙色的髮絲——

（……咦？）

這一刻，他在理性上明白了這名襲擊者的身分。而在下一刻，他從情感上否決了這個想法。這不是真的，不可能有這樣的事情。畢竟照理說，**她**是無法來到這種地方的。**她**是不會做這種事情的。而且，**她**也不會露出這種表情。他拚命地找藉口逃避現實，然而——

「菈琪旭……小姐……？」

存在於他腦袋一隅的理性，奮力擠出肺中殘餘無幾的空氣，擅自喊出了這個名字。

儘管如此，襲擊者的手還是試圖壓制住他的身體。在黑暗中處於這種姿勢與混亂的當下，他只能聽憑身體去抵抗。以軍人身分累積下來的訓練與經驗在各方面都能起到作用。

襲擊者的臂力明顯在費奧多爾之上，技巧也相當高明，不會輕易露出破綻。但是，唯有在體格方面，她毫無疑問是個嬌小的少女。費奧多爾就緊抓著這一點優勢進行抵抗。他們兩人都在嘗試把對方按倒在地，身體相互糾纏著在地上翻滾。

（呃啊……）

一塊硬石撞到他的側腹，他瞬間失去了全身力氣。勢均力敵的戰況就此失衡。額頭與額頭碰撞在一起，他感覺到唇邊附近有紊亂的氣息吹來。她用全身重量壓制他的肩膀，然後揪住他的領口用力勒緊。

他是不是會就這樣命喪於此？

這樣或許也不錯。

相對於劃過腦海的懦弱念頭，他的身體仍自顧自地持續抵抗著。他將使不上力的雙手繞上侵入者的頭顱，抓住後強行掰正角度，讓彼此視線交會。

一雙充血發紅的橘色眼瞳就在眼前。

兩人的視線纏繞在一起。

「妳……是……」

費奧多爾相信自己的眼瞳此時必定正散發出淡淡的光芒。

他是墮鬼族，而墮鬼族這支種族被視為專以蠱惑人族為生。據說他們會以邪惡話語及受詛咒的眼瞳為武器，接二連三地將高潔之士拉上毀滅的道路。然而，距離人族完全滅絕已經過了五百餘年，活在現代的墮鬼族全都退化了。相當於「邪惡話語」的三寸不爛之舌還算堪用，但等同於「受詛咒的眼瞳」的邪視之力已然徹底退化，連墮鬼族的族人自身都快忘記有這個能力了。

到了現在，這個力量必須滿足無數的條件才能使用，淪為一種不為人知的小小才藝。

所謂的條件，就是周遭要黑暗無光，然後在氣息能吹拂到彼此的極近距離之下，和對方視線交會；此外，對方的精神構造不能跟以前的人族差異太大，而且施術者也要保持在能夠精妙地控制力量的精神狀態等諸如此類的事情。如果要大費周章地安排好這些條件的話，把同樣的勞力花在欺詐對方上還比較有效率。

因此，費奧多爾一直以來都盡可能不將這種力量納入考慮。

使用上有難度，他也用不慣，效果還很不穩定。不該擬定必須用到這種能力的計策，哪天如果面臨必須依賴這種能力的狀況時，那就表示自己已經走投無路了。他始終是這麼告訴自己的。

「**妳是……我的……朋友……！**」

這一瞬間，他們兩人都彷彿凍結般停下了動作。

他的心臟撲通狂跳。

有某種東西竄過了他的背脊。

張開的眼瞳與交會的視線。費奧多爾體內的某種東西沿著這兩個媒介注入少女身上。

咕咚咕咚地，發著無聲的聲響。

莫名的充實感與虛脫感一點一滴地慢慢盈滿他的身體。

費奧多爾知道這種感覺。

（難道說，真的成功了……嗎……？）

小時候，他曾有一段時間都在嘗試能否順利掌控這股力量。但是，不管他試了幾次，成功率都不會高過一成左右，而且這還是他在安靜的地方用鎮定的心情去嘗試後的結果。

「唔……」

他聽到襲擊者發出困惑的聲音。

「你……是……」

這是菈琪旭．尼克思．瑟尼歐里斯的聲音。

至少這聲音像到足以讓他這麼肯定。

「……我好難受啊，菈琪旭小姐。」

說完，他友善地微微一笑。他不需要演戲，這並不是什麼謊言，在脖子被勒緊的情況下，他確實感到很難受。

襲擊者猶豫了許久之後，鬆了手。

接著，她抬起身子。

她就這樣跨坐在費奧多爾身上，抬頭看天空。

墮鬼族的眼瞳只能略微竄改其他人的認知。此刻在她的意識當中，對於費奧多爾．傑斯曼這號人物，應該頂多萌生了「似乎是很要好的朋友」這樣的想法。

「你……是誰？」

她平靜地問道。

「這裡是哪裡？」

她沒有等他回答，接連拋出第二個問題。

費奧多爾認為，她想詢問的對象是她自己。

他曾聽說，遭受前世侵蝕還什麼來著的妖精無法再次醒過來。他很氣自己把菈琪旭逼到那種狀況中，一直過著夜不成眠的日子。

儘管她現在的言行舉止變得古怪且危險，但總之是醒來了，還一副生龍活虎的模樣。

該不會……

「……妳想不起來嗎？」

他沒有回答少女的問題，而是反問了回去。

他腦中浮現出「失憶」這兩個字。在映像晶石等等的創作故事中經常可以看到這樣的情節，是很經典的悲劇性發展。如果這種悲劇降臨在菈琪旭身上的話，那實在是非常悲傷的一件事。

與此同時，他也覺得是令人無比喜悅的一件事。

相較於昨天之前都只能在沉睡中等待消失的那刻來臨，至少這樣好多了。過往、回憶和情誼這些東西確實很重要，喪失記憶的傷痛可能也很難熬，但是，只要能從現在開始創造並累積，傷痛總有一天會痊癒的——

「——啊。」

費奧多爾看到遠處有火把的火光在搖曳。

在他發現後，少女慢半拍地同樣往那邊看了過去。

她沉默著，全身上下散發出一股應該是警戒與後悔的氣息。

「等——！」

他來不及阻止少女，她瞬間就跑走了。

直到這時，他才想起一件事。現在這個基地裡，正在追捕某個可疑人物。然後在他眼前的——即將從眼前消失的她，不管從哪個角度來看都顯得形跡可疑。

「等一下，菈琪旭小姐……」

他說到一半就沒了力。

「到底發生什麼——」

他的話還沒說到最後就中斷了。

那個穿著白色病袍的背影轉眼間就隱沒在夜色深處，彷彿滲進去般消失了。

「——到底發生什麼事了啊？」

無論何處都沒有傳來回答這個問題的聲音。

癢痛交作的不適感讓他的表情微微扭曲。由於在地上翻滾來翻滾去，造成身上到處都是擦傷。

他重新站起身，順便檢查塞在口袋裡的「小瓶」是否完好。這玩意果然很堅固。要是剛才打鬥時的衝擊導致它破裂的話，他現在八成已經變成紫色的雕像了吧……這麼一想，真的是很可怕的事情。

先前的打鬥聲響大概被發覺了，他看到火把的火光漸漸往這邊靠近。現在別被發現比較好。他這麼判斷後，便火速離開了現場。

他開始思考其他事情。

她為什麼在逃亡呢？

她想逃離什麼東西呢？

她要往哪裡去呢？

她接下來有什麼打算呢？

剛才那十幾秒之間，究竟帶來了什麼樣的奇蹟呢？照理說已經無法再見到面的她身上，到底發生了什麼事情呢？

他模模糊糊地在腦中翻攪這一連串的疑問。他得不出解答，思維無法連結到解答的方向。

一陣不符合季節，莫名帶有寒意的風吹拂過來。

費奧多爾微微地顫抖起來。

「朝著明天邁進」
-chained hearts-

1．下著冷雨的城市

菈琪旭上等相當兵逃走了。

這個消息當然必須謹慎處理才行。

本來有逃兵出現時，應該要大張旗鼓地抓回來給予懲處，這也是為了給其他士兵警惕。然而，換作是妖精兵，情況就不同了。雖然她們確實不得在軍用地的外面自由活動，但理由很單純很簡單，是因為她們本身很危險。在歸屬軍方管理的體制下，她們才被認可為具有一定權利的人形生物。

與此同時，也不能將她們的特殊性詔告天下。沒辦法動員所有閒置的士兵展開人海戰術去搜索。上等相當兵逃走一事，只能採取符合上等兵逃走的應對方式。

總團長室的氣氛相當凝重。

聚集在這裡的人們，臉上皆浮現出濃濃的焦慮與迷惘之色。

「我去吧。」

緹亞忒、可蓉、潘麗寶、艾瑟雅和身為總團長的一等武官，在場所有人都把目光聚焦在說出這句話的費奧多爾身上。

「……你剛才說的是『我』嗎？」

潘麗寶微微舉起手問道。

「這樣的話，聽起來像是你要一個人去的樣子。」

「就是這樣沒錯，我要一個人去，這恐怕是眼下最好的辦法。」

「菈琪旭應該逃進市區了，而且時間已晚，視野又狹窄。不管怎麼想，這都是必須加派人手的情況吧。」

「妳說得沒錯，但最起碼不能帶上妳們。」

可蓉的肩膀陡然一顫。

「我想知道理由。」

「照剛才提到的，菈琪旭現在不知為何對妳們不怎麼友善，對吧？這並不是以戰鬥為前提的追蹤，我不想莫名地刺激到她。」

潘麗寶「唔嗯」地發出似乎很不甘心的聲音後，沉默不語。

「不過，派遣除了妳們之外的其他士兵也是不行的。畢竟不能說明詳細的情況，再說搜索區區一個『上等相當兵』而已，能分派的人手也不會多到哪裡去。要是一個沒弄好，可能只會給菈琪旭小姐徒增刺激罷了。」

「你說的是有道理啦。」

室內一隅，靠在牆上的緹亞忒插嘴。

「但就算這樣，你一個人又能做什麼呢？別以為到時候說一句『太暗了，什麼都找不到』就沒事了喔。」

「老實說，這個可能性非常高，不過我並不是毫無辦法。我在這個城市也住上一段時間了，知道可以從哪些耳目著手。」

「嗯。」

身為被甲族(Armado)的一等武官如同往常地輕輕頷首。

「她可能會動用武力來抵抗，你自己沒問題嗎？至少帶個聯絡人員比較好吧？」

「那倒不用，**我自己的話**，總有辦法將其瓦解的。」

他口氣輕鬆地這麼答道。

儘管不久之前才差點栽了個跟頭，但這也不全然是逞強。他可以偷襲或下藥等等，只要有充分的警戒和準備，填補戰力差距的方法要多少有多少。

「這樣啊。」

披甲族也口氣輕鬆地這麼說道，然後點了點頭。

「就算從身負監督職責的立場來看，若你堅持要用自己的方式來做的話，那也沒什麼問題。不過，既然你都這麼說了，可要拿出成果啊。」

「我會盡力的。」

他端正姿勢，行了個禮。

「那麼，費奧多爾．傑斯曼四等武官，從現在開始執行搜索任務……雖然我想這麼說，但在這之前，我還有一件事情想確認。」

「什麼事？」

「不，我想問的對象不是一等武官。」

所有人的注意力都循著少年的視線集中過去。

那名女性略微垂首，到目前為止始終保持著沉默。總覺得她的臉色有些蒼白。不過，想到現在的狀況，這當然也是很正常的。

「艾瑟雅二等武官，根據我之前向妳請教的結果，遭受人格侵蝕而一度陷入昏迷的妖精，從來都沒有再次醒來的例子。」

「……是啊。」

她無力地點點頭。

「如此一來，當前的菈琪旭上等相當兵可以解釋為史無前例的未知情況嗎？」

「可以……這麼說的話，那就輕鬆多了呢。」

她「啊哈哈」地刻意笑了幾聲。

任誰都察覺得到她的笑容有多刻意，因為她臉上的表情根本缺乏活力。

「我之前應該是跟你說，那種情況基本上和屍體沒有差別吧。不過，其實從昏迷狀態中甦醒過來的例子，到目前為止也不能說完全沒有。」

光從字面意思來看，這番話讓人感覺到了希望。不由得便湧上「說不定——」這樣天真的期待。

然而，艾瑟雅繼續述說時，臉上盡是冷肅凝重的神色。

「妖精身為靈體，可以說心靈相當於本體。心靈一旦崩毀就無法行動，而且也會隨時間經過而消失。但是，反過來說，只要內在心靈保有一定程度的形狀，身體就能毫無窒礙地行動……就是這麼一回事。」

她對「一定程度」這幾個字加重了語氣。

「本人的心靈就像是已經毀壞的玻璃工藝品，呈現破碎散落，殘缺不完整的狀態……不過，如果前世的記憶與情感彌補了這些缺口，身體就會產生『自己還活著』的錯覺，因而以這樣的形式恢復過來。」

「這也就是說……」

他倒吸了一口氣。

「控制菈琪旭小姐身體的心靈已經換了一個人——是這個意思嗎？」

「就是這樣。哎呀，和理解力強的孩子溝通就是省時省力，真是太好了。」

她「啊哈哈哈」地露出空洞的笑容。

「只不過，也不能斷定單純是前世的某個人復活了。死者終歸是死者，一度失去了一切所有。已故之人的人格在保留原形的情況下復活這種事情，可是極其罕見的。至少就我所知，過去僅僅有過一個例子而已。」

她豎起一根手指。

「按潘麗寶所說，現在的菈琪旭處於不穩定之中，甚至連自己是誰都搞不明白。這也就是說，不管是那孩子的記憶還是情感，很有可能是兩人份的混雜在一起了。」

他稍稍細想，咀嚼艾瑟雅這番話的含義。這個女性相當於菈琪旭她們的姊姊，他試圖嚥下她此刻打算傳達給他的事情。

他有種作嘔的感覺。

「妳的意思是，如今的她，就像是以菈琪旭的心靈為材料的馬賽克畫嗎？」

「……啊哈哈。」

艾瑟雅的表情因悲痛而扭曲，連表面上的笑容都維持不下去了，只剩嘴邊還勉勉強強掛著平常的嘻笑之意。

（她沒有否定，就表示這個解釋是正確的嗎？）

他好不容易才將心胸深處的反胃感壓下去。

「不用說，所謂的不穩定，也就代表無論何時崩毀都不奇怪。菈琪旭與前世的某個人，只有這兩人的心靈殘渣與缺損順利接合在一起時，這個如同馬賽克畫的她才能存在。萬一出現什麼狀況導致平衡失調的話，光是如此——」

響起一道小小的喀噠聲。他回頭一看，發現可蓉差點當場頹然倒下，而潘麗寶正攙扶著她。

「啊……不好意思。」潘麗寶用故作開朗的聲音說道，「我們可以先離場嗎？一直在討論令人難以喘氣的事情，我們想去外面呼吸一下新鮮空氣。」

「好，妳們今天已經可以休息了，想必很累了吧？」

「十分感謝。」

潘麗寶向一等武官微微鞠躬，接著便把可蓉架在肩上離開房間。

費奧多爾沉默地目送她們離去後，自己也再次走向門口。

「嗳。」

費奧多爾停下了腳步。

他下意識地抬起頭，等著緹亞忒的下一句話。

「那個……如果你找到了菈琪旭……找到不是菈琪旭的菈琪旭的話，那個，該怎麼說好呢？呃，我不太會表達……」

緹亞忒大概也不知道自己在說些什麼吧。她向來都是一根腸子通到底的個性，現在卻難得支支吾吾了起來。

「我知道。」

「……咦？這樣你就懂了喔？」

她露出著實吃了一驚的表情。

「我可能也在想同樣的事情。如果找到她的話……嗯……怎麼說呢，雖然我不太會表達，但或許可以說，我會盡我所能去做吧。」

這番回答模稜兩可又沒什麼實質意義。費奧多爾也不是很了解自己到底在說些什麼。

「我知道了。」

「咦？這樣妳就懂了喔？」

他著實有一點驚訝。

緹亞忒一臉不甘心地點了點頭。

「交給你了。」

「……嗯。」

他實在不知道該回什麼，便只含糊地應了一聲。

「那麼，費奧多爾・傑斯曼四等武官，現在開始執行搜索逃兵的任務。」

「好，去吧。」

聽到一等武官的回答從背後傳來後，他就離開了總團長室。

†

開始下雨了。

費奧多爾從宿舍玄關前的傘架上借拿一把大概是別人的廉價雨傘，然後把帆布袋揹在肩上，往黑暗的市區走去。

實際上，就算是普通地進行搜索，他也並不是沒有找不到她的信心。

畢竟她只穿著一件病袍，連鞋子都沒有穿。再說她本來就很顯眼了，想必也跑不了太遠。也就是說，搜索範圍沒有多大。

這個如同迷宮般錯綜複雜的街景，本來是對逃亡者比較有利的地形。但是，費奧多爾在這一帶完全占有地利之便。沉溺於偷偷溜出基地買零食吃的那些時光，肯定都是為了迎接這一天的到來吧。開玩笑的就是了。

當然，如果她催發魔力飛上天空，這些線索就統統失去意義了。但就算如此，她們創造出的幻翼會閃耀光芒，非常引人注目，所以她若不是用雙腳逃跑，而是飛上天的話，應該會更容易追蹤才對。

不過想當然的，在這個一步步化為鬼城的萊耶爾市中，本來就無法保證能不能順利找到目擊者。然而，即便如此，費奧多爾預估自己的勝算並沒有多低就是了。

（這是怎麼回事？）

自從進入街上起，就有股奇特的感覺圍繞著他。

費奧多爾的眼睛、耳朵和鼻子都沒有異常，但有個不屬於五感，截然不同的東西盤據在他的體內，向他傳達一種莫名的肯定。

就在這邊。

雖然這種指引有點可疑，但他硬是不違抗，就這樣跟隨指引走著。在大街上走了一會兒後，在齒輪店的轉角處右轉，沿著路遇到第三個油壓門後往左上走，然後抱著玩遊樂器材的心情走過凹凸不平的小巷子，並往南東二號，紀念館地區的方向走去。

（——啊。）

找到了。

那個有一頭橙色頭髮，穿著白色病袍的少女。

她抱著膝蓋，倚靠著路旁的牆壁而坐。

頭頂上有屋簷，所以雨珠不會直接打在她身上。但是，她在來到這裡之前，似乎無可避免地淋了一整路的雨。貼著肌膚的濡濕病袍看起來既冰涼又沉重。

見到她這副模樣，費奧多爾不禁聯想到「孤獨」這個字眼。

「……妳不冷嗎？」

幾經猶豫後，他開口向她這麼說道。

少女應該早已察覺到他的氣息，她絲毫沒有受到驚嚇的樣子，只緩緩地抬起了原本低垂著的臉龐。

「很冷啊。」

她答了這麼一句，聲音小得幾乎快被雨聲蓋過去。

有一瞬間，費奧多爾認不出這張側臉是誰。容貌明明是他很熟悉的菈琪旭・尼克思・瑟尼歐里斯，表情卻是他前所未見的。

少女天生的那種柔和溫婉的氣質不知道消失到哪裡去了，取而代之的是寒冰和鋼鐵般的冷冽。就像是原本在找布偶，結果卻找到了大理石雕像，令人感覺很不對勁。

菈琪旭破裂的心靈碎片，和前世某人消亡的心靈殘渣交融混合在一塊，奇蹟性地創造出現在這個如同馬賽克畫的人格。

費奧多爾摘掉眼鏡，收進外套的胸前口袋中。

「妳想去哪裡啊？」

他再次這麼問道。

「哪裡都好，所以我才會在這裡。」

她的口氣很不像菈琪旭，有一種豁出去的感覺。

他慢慢接近，站到她身旁後，便用傘幫她擋雨。

少女瞥了他一眼，立刻又將視線移回另一邊。

「剛才很抱歉。」

「咦？」

「就是攻擊你的事情。直到剛才為止，我腦中都還是亂成一團。那時候是想搶你的外套以便逃走……是很粗野的行為就是了。」

「……哦。」

他能理解。少女穿著的病袍並沒多牢固，重點是還很醒目。憑這一件衣服就要亡命天涯確實很魯莽，所以她才會覺得再披上一件外套應該會好一點。他很能明白這樣的想法。

他一邊思考著這些，視線同時稍微往下移，打量少女的身體。

病袍到處都是破洞，可以從縫隙間窺看到少女的肌膚。

即使心中清楚現在根本無暇管那些，他的目光還是禁不住地游移了起來。他不斷對自己說「我對無徵種的女孩子沒有興趣」，拚命地擺出正經的臉色，然後撇過頭去。

少女再次迅速瞥了他一眼就移開。由於她的表情沒有變化，所以他不是很明白她在想什麼。希望別讓人家產生奇怪的誤解就好了——他一邊想著，一邊把外套脫下來，蓋在少女的肩膀上。

「咦？」

「——失禮了。」

他在少女面前蹲下，觸碰她的白皙雙足。

「咦……等……等一下，你要幹麼？」

「妳們種族的身體並沒有特別強壯吧？……哦，果然如我所想，真的很嚴重啊。」

她八成是光著腳一路跑到這裡的，腳底皮膚擦破了一大片。雖然妖精族對疼痛感不甚在意，但能不能放著傷口不管就又是另一回事了。再這樣放著不管的話，就會因細菌感染而化膿。起碼大部分的生物都是如此。

他從帆布袋裡拿出裝水的瓶子，再拿出消毒水和乾淨的紗布。

「你……在做什麼？」

「看就知道了吧，是急救措施啊。會有一點痛喔，忍著點。」

他用水清洗少女的傷口，她發出小小的吃痛聲，身體也微微顫抖了下。接著，他塗上消毒水，再敷上紗布，然後用繃帶固定住。

「就先這樣處理吧。」

他站起身。

「什麼意思？」

少女仍坐在原地，抬起頭望著他。

「沒什麼特別的意思啊，我又不打算放妳一個人在這種地方。」

「……喔，這個意思啊。」

她略顯落寞地露出理解的表情。

「我知道了，那就走吧。」

「咦？」

「回剛才那個地方，是護翼軍的基地吧？」

「妳要回去嗎？」

「我當然不想——但是，我不回去的話，你會很傷腦筋吧？」

說完，少女看向自己的肩膀。費奧多爾的外套肩膀處縫著一枚徽章，象徵隸屬於護翼軍的四等武官的地位。

「雖然說這種話可能很奇怪，可是我……現在很不正常，忘記了各式各樣的事，不記得名字，也不記得為什麼在這裡。儘管知道自己討厭護翼軍，卻想不起理由是什麼。」

少女一字一句地，彷彿嘲弄自己般說著，還不時穿插著自嘲的嗤笑聲。

「我還記得一件事，就是你值得信任。」

他的內心深處傳來一陣刺痛。

差一點，他就要喊出「才不是這樣」這句話了。

「……嗯。」

「這些就是我全部的內在了，簡直空空如也，什麼都做不到，哪裡也都去不了。所以我不希望你因為這樣的我而徒增困擾。」

「……妳們妖精總是這樣。」

「咦？」

「光為別人著想，把自己擺在最後面。」

說完，費奧多爾拉起少女的手。

他輕輕鬆鬆地一把抱起她，二話不說就將她揹在背上。

「呀啊！」

她發出莫名可愛的叫聲，他則故意當作沒聽到。

「……可能也是我們害的吧。畢竟我們看起來應該既不可靠又令人擔心，所以妳們才無法置之不理啊。」

「等等！」

雖然她的聲音像是在抗議，但並沒有做出什麼抵抗的動作。既然如此，就這樣出發吧。他撿起掉在地上的傘，然後交給少女，說：「抱歉，妳拿一下。」

——下著雨的城市。

在同一把傘的庇護下。

費奧多爾揹著身披軍服外套的少女邁步前進。

劃過耳畔的吐息，背上傳來的溫度……他靠意志力讓自己盡量別去意識到這些東西。現在不是被那種東西擾亂心思的時候。給我振作起來，認真一點，你可是那種只要有心就做得到的傢伙。

「……這個城市還真是奇怪啊。」
少女彷彿咬耳朵似地喃喃說道。
「腳下踩的是金屬板，路上又亂七八糟的。」
「嗯，是這樣沒錯。」
這是不爭的事實。
三十八號懸浮島萊耶爾市作為礦山都市而生，作為集結機械技術之地而發展起來，然後因面臨〈第十一獸〉的威脅，作為即將毀滅的城市而走入衰落。建造出這座鬼城的並不是土石木材，而是金屬板、螺絲釘、發條和電線。至少以懸浮大陸群而言，不能說是普遍可見的城市模樣。
「牆壁還會突然噴出煙霧。」
「哦，不習慣的人是會被嚇到沒錯，妳被噴到了嗎？」
「我準確地避開了……但不小心跌坐在地上就是了。」
她的聲音隱約帶著羞澀之意。如果覺得很丟臉的話，明明可以不用說出來的。
「咦，奇怪？」
「這次又怎麼了？」

「路愈來愈狹窄了。要前往大街的話，不是要走另一邊嗎？」

「走這條路沒錯喔。」

「我們不是要回護翼軍那裡嗎？」

「妳應該不想回去吧？」

「是沒錯，不過，這樣對你的處境很不利。」

「那種事情，回去說一句『沒找到』就好啦。總之，我故意放走妳的事別露餡就不會有事。」

抓著費奧多爾肩膀的那雙手加強了力道。

「所以露餡就完了不是嗎！你不需要特地冒這麼大的風險……」

「我不願意讓『妳』犧牲。」

他打斷她的話語，然後這麼回道。

「……老實說，我也不知道該怎麼對待現在的妳。或許應該將妳視為危險人物而拘留起來，又或者應該直接省下這個工夫，趕快抹除妳這號人物。」

黃金妖精是很危險的存在。她們可以僅僅為了一絲絲的愛，就乾脆地把自己當作用完即棄的炸彈。費奧多爾深深明白這一點。

只要內心出現動搖，那些少女便可能將一切破壞殆盡。

而且，現在他背上的這名少女，最關鍵的「心」還是不完整的。她不過是由支離破碎的人格——菈琪旭和某人的情感碎片拼湊起來，恢復成一定程度形狀後的個體。也就是說，她無論何時因為任何理由而爆發都不奇怪。

若要再附加另一個不安要素的話，那就是，既然是菈琪旭的身體，作為炸彈的性能恐怕十分驚人。如果發生什麼事情導致魔力失控，和她緊貼在一起的費奧多爾自然不必說，這一帶的街區應該都會完全消失。

「既然如此！」

「既然不知道正確解答，我就會按我的想法去做。而我，要以妳的幸福為優先。」

一陣短暫的沉默。

「噯。」

「嗯。」

「雖然現在問這個有點晚了，不過，可以把你的名字告訴我嗎？」

「……費奧多爾。費奧多爾・傑斯曼。」

費奧多爾。

少女在口中品味著他的名字。

雖然她本人只是在自言自語，但她的嘴唇畢竟就在當事人費奧多爾的耳邊。

他隱隱約約聽得到交雜著少女吐息的自己的名字。

不知道該怎麼形容，像是心臟猛地一跳，總之就是無法冷靜。

「那麼。」

他為了斬斷邪念，便開口說道。

「……那麼，我該怎麼稱呼妳才好呢？」

經過一小段沉默。

「真是奇怪的問題耶。」

她嘻嘻笑著，似乎覺得很有趣。

「你本來就認識我……或者該說，過去的關係很要好吧？既然如此，至少會知道名字不是嗎？」

「這個嘛……是這樣沒錯啦。」

——妳的意思是，如今的她，就像是以菈琪旭的心靈為材料的馬賽克畫嗎？

到了這一刻，先前他對艾瑟雅提出的問題才驀然復甦。

然後他重新細細咀嚼這件事。就算外貌完全沒變，聲音依然相同，甚至連透過背脊感受到的溫度以及柔軟度都和記憶中的一樣，都無法改變菈琪旭・尼克思・瑟尼歐里斯已經不在的事實。

「菈琪旭……」

「唔？」

他呼吸一窒。

「……你先前對我叫了這個名字，更早之前遇到的妖精族女孩好像也是這麼叫的。也就是說，這是我的名字，沒錯吧？」

「啊……嗯……呃……」

他嚥下一口唾沫，下定了決心。

雖然他自己也不知道是哪方面的決心就是了。

「對，沒錯。」

他沒有點頭，目光緊盯著前方，只用嘴巴這麼答道。

她已經不是菈琪旭・尼克思・瑟尼歐里斯了。

擁有這個名字的少女，她的個性純真且純樸，既纖細又堅強，很珍惜朋友，同時也受到朋友珍惜，是一直以來都照料著蘋果、棉花糖、緹亞忒、可蓉和潘麗寶這些特大號問題兒童的大人物。而如今，她已經不在這世上了。

是的，他腦中明明很清楚這件事。

「妳叫作菈琪旭，是一名成體妖精兵，也是我的部下。」

「妖精。」

她吐出這兩個字，彷彿是在確認這個字眼的語感。

「沒錯……沒有錯，我是妖精。」

「妳想起來了嗎？」

「是啊，但可以的話，我寧願別想起來就是了。」

「為什麼？」

「……雖然我記不太清楚，不過，我可能是討厭妖精的。連自己在拯救什麼都不知道，就是一種用完即丟的兵器。即使是現在想來，也覺得很不以為然。」

他忍不住小小地噗嗤了一聲。

「我講的話有那麼好笑嗎？」

「不是的，我沒有那個意思，只是覺得有一點開心。」

「我也不記得自己有講什麼逗你開心的事情。」

「也不是那樣啦。是因為妳能說出這番回答，讓我發現原來也有妖精是這麼想的。儘管我本來從一開始，就只打算把自己的理想強加於人就是了……不過，知道有人抱著跟我一樣的想法，果然會受到鼓舞啊。嗯，我有勇氣了。」

不知道是不是心理作用，感覺雨聲更大了。

他渾身籠罩著一股錯覺，彷彿只有這把傘下的世界被分割開來，就他們兩人被留在這一塊小天地裡。

「費奧多爾你啊，該不會是個怪人吧？」

「雖然我不是沒有自覺啦，但現在的妳這樣說我，還真是讓我備受打擊啊。」

†

大概走了多達五百卯哩的距離後，在鄰區相對來說較大的街道一角，有一間店舖是他這次的目的地。

門口有一塊全新的家具店招牌。

他推開門，原本正百般聊賴地用撢子清理商品的豚頭族便朝他看了過去。即使種族不同，也清楚知道那是看著可疑傢伙的眼神。

那是很合情合理的反應。畢竟一對衣服凌亂的年輕無徵種男女淋著雨進來了，誰都看得出來有內情。

「不好意思，今天已經打烊了。」

「我知道，但我想跟你緊急訂購一批東西，半打巨人族尺寸的玻璃桌，要有科里拿第爾契式雕刻的那種。」

「啥？」

豚頭族露出感到意外（大概）的表情。

「……這數量的話，現在庫存不夠，要等上兩個月左右喔。」

「這可傷腦筋了啊，我很急著要，能不能設法在四十天之內調到貨呢？」

「我明白了，我去跟店長確認看看，請在這裡稍等一下。」

豚頭族一邊指著隔壁的房間，一邊走進了店舖裡側。

「這是要做什麼？玻璃桌？」

費奧多爾就地放下背上的少女。

他檢查過店內沒有其他客人，外面街道也沒有任何人影後，就將嘴巴湊近少女耳邊。

「這是把店長叫出來的暗語，這家店也有提供招牌上沒有的東西。」

「……意思是違法的？」

「真要說的話，是屬於那種專門提供給老主顧的服務。由於是和顧客共享祕密，只要別打破規定，就算是強人所難的要求，店家都願意行個方便，也不會深入追究。所以呢，呃……對於妳的事情也——好痛！」

他的大腿被掐了一下。

「喂，叫我名字啊。」

她冷冷地低聲說道。

他想起以前聽過的一件事。對她們妖精而言，名字是非常重要的東西。尤其是被冠以別人的名字……也就是說，和別人名字重複被視為一種禁忌。

用菈琪旭的名字來稱呼這個少女真的可以嗎？儘管都到這一步了，他還是不禁在意起這種事情而感到猶豫。

「求求你，我已經不想再迷失自我了。」

「——我知道了。」

他低吟似地點頭答應。

「在這裡的話，也可以放心商量菈琪旭小姐的事情。不光是今晚的落腳處，也包含今後的打算。」

「這樣啊。」

少女像是打從心底感到喜悅似地露出了笑容。

話說豚頭族這支種族，有別於無徵種的各種族，在另一種不同的層面上，很不討其他種族喜歡。

理由有幾個：外貌醜陋（雖然審美觀各有不同，但懸浮大陸群的各種族幾乎一致如此認為）；因強烈的同族意識，反造成排斥其他種族的性情；不知是否由於壽命較短，他們生性不重視精神層面，而是忠於功利慾望，並且從這一點衍生出一套跟其他種族合不來的獨特倫理觀。

簡單來說，就是整支種族都很自私自利。反正沒辦法活太久，便不考慮長遠性的事情，也沒興趣累積知識和信用。行事作為從不顧慮會不會給周遭的人造成麻煩，或是留下壞印象。

他們憑著數量眾多，並配合強硬的手段，在各地都市賺取錢財，只靠同胞團結一氣，組成一個龐大的社群。在絕大多數的懸浮島上談論經濟時，絕對不能不提到他們。

過去存在於這片天空的經濟大國——艾爾畢斯集商國滅亡的原因，官方說法是軍隊暴動。然而，費奧多爾很清楚，任憑私慾扭曲軍隊進行的重要計畫，造成事情淪落為無法挽回的悲劇結局的，就是那個國家裡的豚頭族商人。

他們是奪走他的姊夫、家人、故鄉以及一切重要事物的仇敵。

五分鐘後，接待室裡。

他們兩人借用毛巾輕輕擦乾身體後，在柔軟的沙發上坐下。

「你就是費奧多爾·傑斯曼同志啊？」

桌子對面，一團由叮噹作響的珠寶飾品組成的集合體正用流利的大陸群公用語說話。

縫有大量金線的天鵝絨外套，綴著大顆金紅石與許多顆堇青石，看起來很沉重的項鍊，好幾個金色的寬戒指——而且戒指上都鑲嵌著大得俗氣的寶石——套在每一根粗厚的手指上。

仔細一看，就會發現那是一團把形形色色的寶石穿戴在身上的脂肪塊。

再看得更清楚一點，才能意會過來那是一個略顯肥胖的豚頭族。

「雖然我有聽說你是無徵種，但比我想像中還要年輕啊。」

珠寶飾品的集合體，又名略顯肥胖的豚頭族看似意外地微微偏著頭。

「我就是知道你會這麼想，所以之前才會只透過仲介接觸……那麼，你是佶格魯．摩澤古本人嗎？」

費奧多爾按捺著五味雜陳的心情，這麼問道。

佶格魯本身並沒有直接涉及艾爾畢斯事變。也就是說，他不是害死費奧多爾父母等人的仇敵。即使他腦中明白這一點，但只要面對著豚頭族商人，他的情緒怎麼也無法冷靜不下來。他推了推眼鏡，保持鎮定的表情。

「沒錯，就是我喔。」

他眼前這名穿金戴銀的品味差到令人不敢恭維的豚頭族——橘榴石廣域商會代表佶格魯．摩澤古——那張像是被壓扁過的豬臉，慢慢地點了點頭。

「因為你來得太突然了，我沒辦法叫替身過來，所以這些人也會隨侍在場，還請你別介意。」

佶格魯和費奧多爾各自的背後，都有身穿黑衣的強壯獸人靜靜站立著。

「戒備真是森嚴啊，發生什麼事了嗎？」

「最近陸續發生以前在艾爾畢斯登記過的商人遭到殺害的事件，也有傳聞說刺客是無徵種。就是這麼一回事啊。」

「是喔。」

不過，倒沒必要感到驚訝。畢竟這些傢伙不論在哪裡結下多少梁子都不奇怪。

「無所謂，我們又不是哥倆好的關係，彼此都保持最大的警戒才正好。」

「很高興能獲得你的體諒。」

佶格魯看似愉快地點點頭。

「重新自我介紹也挺怪的，我就跳過客套話了。很抱歉突然登門拜訪，最近情況實在有太多變動了。」

「請說明來意吧。」

不同於鄙俗，感覺很粗枝大葉的外表，佶格魯冷靜的應對讓人感受到他確實具備知性。不知道這是否也算種族之間的隔閡。費奧多爾將些許的困惑藏在眼底，裝出平靜的模樣繼續說道：

「我今天來是為了兩件事情。第一件事，是希望能將她託付在這裡一陣子。」

在場人的視線都往坐在費奧多爾旁邊的少女——菈琪旭集中過去。

「咦？我嗎？」

「雌性無徵種啊。」

佶格魯微微皺起五官。

「當然要安全且鄭重地安置好。有任何不便嗎？」

「沒有。不過，能請你告訴我這麼做的用意嗎？」

「她是護翼軍的其中一張王牌。聽說身世比較特殊，能夠驅使尚未解析出運作機制的古代超兵器。」

費奧多爾沒有說謊，但他也不會提供非必要的資訊。現在所必要的，是引起眼前這個豚頭族的興趣，讓他認同這個少女的價值。

「哦。」

佶格魯讚許似地點點頭。另一方面，菈琪旭本人則「啊？」地睜大眼睛。

「等……等一下，你怎麼突然把這種事情講出來了！」

黃金妖精這樣的兵器是屬於軍方內部的機密，不能隨便帶出去。費奧多爾也很清楚這一點，然而……

「那把兵器是可以對〈獸〉起到關鍵性作用的東西，已經透過多次實戰證明其效果了。然後最重要的是，前陣子才剛證實那把兵器對〈第十一獸〉也有效。」

「慢著慢著慢著！」

「……哦哦。」

豚頭族興味盎然地直盯著菈琪旭全身打量。

「她因為擁有這份才能的緣故，被強制徵召到這座島，不久前才逃出來，然後被我找到了。想必也不用多說，我們想要做的事若能得到她的協助，將會對我們非常有利。」

「原來如此啊。」

豚頭族用那短短的脖子點了點頭。

「等等，你們不要自顧自地說啊，給我解釋一下是怎麼回事！」

菈琪旭扭過身子逼近他。

「呃……我現在想先把事情談好，可以之後再一次跟妳講清楚嗎？」

「休想糊弄過去，至少先解釋要利用我做什麼，利用這件事本身我可以當沒聽到。」

「就算妳這麼說……」

費奧多爾偷偷覷了佶格魯一眼，只見對方用有點滑稽的動作朝他聳了聳肩。

「……簡單來說，這位豚頭族是我的盟友，對於我打算執行的計畫感到贊同……不對，應該說他從中發現了價值，並一直在支援我。」

「經你這麼一形容，感覺這種關係還挺美妙的啊。」

佶格魯笑呵呵地抖動著肩膀。

「你說打算執行的計畫，是指什麼？」

「剝奪目前由護翼軍獨占，用來對付〈十七獸〉的戰力。其中一項具體計策，就是把妳……把妳們所有人都從護翼軍那邊奪過來。」

「……咦？」

菈琪旭露出震驚的表情，呆愣地直眨眼。

「不會再讓妳們被當作用完即棄的便利工具了，妳們就由我來守護。」

「啊……唔，那種事情……」

彷彿銳氣盡失一般，有點傻住的菈琪旭縮回了臉，重新在沙發上坐正身體，屁股深深陷了進去。

佶格魯不知道是覺得哪裡有趣，只見他忍俊不禁似地嗤嗤笑著。

「總而言之，她是護翼軍的逃兵，而且因為一些緣故，失去了很多方面的記憶。憑我一人要把她窩藏起來畢竟還是有極限，再說我也想把她託付給值得信任的地方。這件事，就是我突然登門拜訪的其中一個理由了。」

「我明白了，那另外一件事呢？」

「我想請你幫忙準備可以無聲無息地破壞木箱的工具。」

說完，費奧多爾便開始說明用意。他表示，前陣子有一個木箱被運送到護翼軍基地，而他想偷偷地把那東西帶走。木箱尺寸則約莫能裝進一名身材標準的成年男性。

「唔嗯？所以你打算闖空門嗎？」

「差不多吧，我的目標是零號機密倉庫，潛入路線已經探勘完畢了。」

「……零號什麼來著？」

「零號機密倉庫。」

「那就是所謂的『醃漬桶』嗎？」

「你還真清楚啊，沒錯。」

佶格魯用粗厚的手指揉了揉豬臉上的太陽穴。

「…………雖然是老樣子了，不過你提的事情真離譜啊。」
「畢竟最終目標是最離譜的啊。」
「那倒是啊。」
佶格魯從喉嚨發出咯咯聲，那張豬臉微微一笑。
不知該怎麼形容，豚頭族的笑容感覺會出現在夢裡，令人不太敢直視。
「那麼，那個箱子裝了什麼？」
「不知道。只有極少數的人才知情，憑我手上的情報也還不能確定。」
「一個連真面目都沒搞清楚的東西，值得你冒著風險鑽進桶子裡嗎？」
「值得。如果我猜得沒錯的話，那是足以成為導火線的玩意兒。」
「噢……」佶格魯深深地吐出一口氣。
接著，他像是想起紅茶的存在一般，拿起杯子一飲而盡。
「終於要**開始**了啊，真是令人高興……也必須趕緊著手進行其他準備了啊。」
他們兩人彼此抿嘴竊笑，而菈琪旭見狀——
「我是不懂你們在講什麼啦，但至少知道不會是什麼好事。」
她沒好氣地半瞇起眼，低聲嘀咕道。

「觀察真是敏銳呢，妳現在就是要被利用在這種不好的企圖上喔。」

「我想也是，不過倒也無所謂。」

她的語氣聽起來不怎麼在乎。

「……呃，我說啊，雖然我來講這種話也滿奇怪的，不過妳真的無所謂嗎？」

「即使是不好的事情，但對你來說是很重要的吧？畢竟你為了這件事，幾乎都要豁出去了。」

彷彿在戲弄他一般，少女有點壞心眼地勾起嘴角而笑。

那毫無疑問是相當迷人的笑容。

若換作是從前的菈琪旭——那個純樸到讓人替她擔心的少女，是絕對不可能露出這種表情的。

（……該死。）

菈琪旭．尼克思．瑟尼歐里斯，真的已經不在這世上了。

再也看不到那種令人如沐春風的笑靨了。

一想到這裡，他的心胸深處就傳來劇烈的痛楚。

2. 無法成眠的夜晚

那一夜，緹亞忒・席巴・伊格納雷歐怎麼也睡不著覺。

菈琪旭的事情已交由費奧多爾來負責。

即使已經這麼決定了，內心還是沒辦法理性地看待這件事。不知道有沒有受傷，有沒有餓肚子，有沒有被壞人抓走。源源不絕的擔憂湧上心頭，讓緹亞忒在床上輾轉反側。

「妳睡不著嗎？」

隔壁的雙層床傳來潘麗寶的小聲詢問。

「對不起，吵到妳了嗎？」

「沒有，我也正在想事情，而且內容一定和妳想的差不多。」

原來如此。緹亞忒這麼想道。

「妳覺得會沒事嗎？」

「不知道，但我是這麼希望的就是了。」

「也是啦，畢竟是費奧多爾，他肯定會盡全力去搜索的吧。」

「……對啊。」

緹亞忒完全能夠同意。對方可是費奧多爾，把不必要的好意強加於人這一點（在緹亞忒心中）是受到公認的。別說他根本不可能打混摸魚，就算勸他放棄，他大概還是會擅自繼續搜索下去。

因此，她在意的是菈琪旭現在處於什麼樣的狀況中，當費奧多爾找到她時，她會是什麼模樣。然後還有一件事，就是費奧多爾屆時會做出怎樣的反應，又會採取怎樣的行動。

他一定會採取他認為這樣做對菈琪旭最好的行動。正如同緹亞忒是這麼請求他的，而他也是這麼回應緹亞忒的。

「噯，潘麗寶。」

「嗯。」

「那傢伙真的會把菈琪旭帶回來嗎？」

潘麗寶頓了半晌才答道：

「他很優秀，能力是值得信任的……不過，妳的意思應該不是這樣吧？」

「嗯，我在想，即使他找到平安無事的菈琪旭，感覺也會放她逃跑，或者是把她藏起來之類的，然後說一些像是『妳不能回到軍隊裡，而是應該就這樣獲得自由！』這種感覺很帥的話。」

又隔了半晌。

「確實很像他會做的事情啊。」

「對吧。」

隔壁雙層床的下舖傳出了一點動靜。

「如果是那樣的話，倒也不錯。」

「可蓉，我們把妳吵醒了嗎？」

「我睡不著，因為感覺會作惡夢。」

原來如此。緹亞忒又這麼想道。

她和潘麗寶都無法成眠。既然如此，要是可蓉也一樣的話，那完全沒什麼好奇怪的。因為，她們幾個從以前到現在，不管做什麼事情都是一起的。

「現在的菈琪旭並不記得我們。那麼，就在只有我們幾個的情況下前往戰場吧，這一定才是最好的。」

雖然可蓉的聲音微微顫抖著，卻蘊含著力量。

「可蓉。」

「畢竟，這麼一來，我們就能為了保護莅琪旭而戰了。」

緹亞忒不禁啞然。

潘麗寶同樣什麼都沒說……她大概又露出平常那種「真是服了妳」又帶了點傻眼的笑容吧。

緹亞忒想起前些日子試圖隻身挑戰〈第十一獸〉的事情。當時可蓉很生氣，說明明約好無論生死都要一起，她們四個是為了並肩作戰才一同來到這座懸浮島，而緹亞忒卻一個人去送死。

假設莅琪旭還平安地活在某處的話，情況就正好相反了。換句話說，就是獨留她一人待在遠離戰場的安全場所，只有她們三人要赴死。

「……對啊，這樣或許也不錯。」

緹亞忒輕輕地哼笑一聲。

她想起曾幾何時，她還問過費奧多爾要不要當莅琪旭的戀人。

雖然現在的情況和當時已經差很多了，不過，或許可以連結到稍微有點類似的未來也說不定。如果費奧多爾和莅琪旭能夠在她們三人守護的這座懸浮島上，彼此相依為命地活下去的話，倒也算是個理想的結果。

「但會有一點不甘心吧。」潘麗寶用開玩笑的口吻說道，「最近和費奧多爾變得比較親近一點了。若是要把一切都託付給別人的話，也會湧起一股類似嫉妒的心情。」

「咦，什麼？我還是第一次聽說。」

「妳們不在時，我和他有個比劍交心的機會，所以我們都了解彼此更深了。出於個人隱私，我沒辦法把內容說出來就是了。」

「……喔。」

緹亞忒發出的聲音冷淡得連自己都嚇了一跳。

「不過，不管誰和誰的感情變好了，都是好事一樁啊。嗯。」

「哈哈哈，緹亞忒妳果然很可愛耶。」

「完全聽不懂妳在說什麼。」

「就是字面上的意思啊，很女孩子氣也滿好的。」

到底在說什麼，愈聽愈不懂了。正當她打算跟潘麗寶爭辯時——

「——唔咪。」

又從另外一個方向傳來了一點動靜。

彷彿從夜幕中剪下來的小小人影，從小孩子用的臨時床鋪爬起身來，然後朝緹亞忒睡的雙層床下鋪——如今已經空無一人，直到前陣子為止還是菈琪旭睡的位置——走了過去，喚了一聲：「廁所。」

想必是睡糊塗了吧。

緹亞忒微微嘆了口氣並爬出被窩，接著從上鋪跳下來，悄無聲息地著地。莉艾兒轉過了頭，而緹亞忒則把手輕輕地放在她頭上。

「要上廁所吧，我們走。」

「唔……緹亞忒？」

莉艾兒用力揉了揉惺忪睡眼。

「菈琪旭呢？」

「……她已經不在了。」

「唔……」

莉艾兒用沒有聽懂的表情微微咕噥了一聲，然後伸出小小的右手，似乎是要緹亞忒帶她去的意思。

緹亞忒回應她的要求，一邊感受著手中溫暖柔軟的觸感，一邊離開了房間。

走廊很亮，然而並非來自於地上的燈光。只要抬頭望向窗外的天空，就會發現巨大的銀色月亮正以接近滿月的形狀高掛在空中。

——她已經不在了。

她剛才自己說出口的這句話，在耳畔回響著。

沒錯，菈琪旭已經不在了。

不管她們三人再怎麼拚命地戰鬥，再怎麼強烈地盼望，事到如今，她們已經無法為菈琪旭的幸福做到任何一件事了。

她很清楚這樣的事情。儘管很清楚，但還是……

「緹亞忒，妳在哭嗎？」

「我沒有哭。」

她輕輕抹了抹眼角，在走廊上邁步前進。

3. 總團長室

深夜，回到護翼軍的費奧多爾，首先稟報了沒能找到菈琪旭本人一事。

他接著補充，從狀況來判斷，可能有某個市民收留了她。

「雖然搜索難度提高了，但我判斷事態的緊急性同時也下降，便回來稟報情況。」

「也就是說，即便放個一兩天不管，也不至於橫屍街頭吧。很妥當的結論。」

一等武官搔了搔頭，接受了這樣的報告內容。

「**不過，好像也有一種太過妥當的感覺。**」

費奧多爾在內心嘖了一聲。這個一等武官雖然看似性格悠哉溫吞，但他絕對不是個遲鈍的人。就算費奧多爾相當謹慎地建構出這番報告，他似乎還是能嗅出一絲虛假的味道。

然而也只有味道罷了。既然沒有達到肯定的地步的話，再怎樣都能蒙混過去。

「當然有一些不安因素，但從判斷現狀的依據來看，我覺得自然會導出這個結論。」

「嗯，你說的是沒錯。那你今後有什麼打算？」

「若能得到允許的話，我打算明天起繼續進行搜索，也包含四處探聽消息在內。由於現在還必須小心地搜索，不能打草驚蛇，所以我預估需要多耗費一些時日。」

「……好吧，這也是很妥當的處理。沒辦法了，其他工作會轉交給別人來做，你就暫時專心執行這項工作吧。」

「明白了。」

費奧多爾把手放在胸口行禮——就在這時候，他的視野微微模糊起來。

「唔……」

「嗯？怎麼了？」

「沒什麼，只是有一點頭暈。」

他輕輕地搖了搖頭。

「是過度勞累了嗎？今天不需要再工作了，趕快去休息吧。」

費奧多爾認為並非如此。他確定沒有勉強自己到這種程度，反過來說，他也不是會因為這點程度就搞垮身體的軟腳蝦。所以說，這股異常應該是源自於其他事物。

從時間點來看，可以想到的原因是剛才他對菈琪旭施展了墮鬼族的「瞳術」。雖說是出於偶然，但以往從未成功過一次的這種力量，卻無比順利地發揮作用了。這件事有可能對他的身體強加了某種負擔。

他覺得很可悲。這明明就是屬於他自己的能力，卻連會對自己造成什麼影響都不知道。

「謝謝，我這就去休息。」

他還掛心著菈琪旭，實在無法太過放鬆地休息。但是，如果強撐著身體導致病倒的話，那才真的一點意義也沒有。

在天亮之前，多多少少小睡一下吧。他做了這個決定，正要離開總團長室時——

「失禮了！」

還沒開門，門就在他眼前被打開了。

一名大驚失色的馬頭族上等兵衝了進來。

「這邊接獲報告，說是萊耶爾市北東地區的中型建築物倒塌了！」

「……又來了啊。」

「不止如此！據說還觀測到中等規模的爆炸，推測是地下設施的蒸氣壓力閥達到極限了！」

「這種事情也不是一兩次了。」

一等武官看似厭憎地喃喃說道。他會有這樣的反應也是理所當然的，萊耶爾市是由機械裝置構成的城市，儘管在一定程度上具備自我修復的功能，但還是需要經由人手來維護才能夠存續下去。於是，隨著機械劣化崩壞，依靠這些機械維持運作的城市也逐漸邁向消亡之路。

這座城市，每一天都在一點一滴地縮減當中。

「市民的受災情況呢？」

「目前尚未確認，但似乎有人受重傷。尼爾雷洛德三等武官正在進行救難作業與避難引導，雖然是事後才報備，還是希望能得到許可。」

「嗯，這也是無可奈何的事情。只要堅持這在廣義上也算是〈獸〉所造成的災情，應該就不會遭到抱怨。盡全力去做吧。」

既然護翼軍是為了保衛整個懸浮大陸群而存在的組織，在行動上就會受到諸多限制。特別是為了特定都市的利益而展開的行動，更是受到嚴厲的管制。

「是，了解！」

馬頭族上等兵快步離開了總團長室。

「……這樣的事情還在持續發生啊。」

「市內已經沒有技術好的技師了，這也是沒辦法的吧。儘管希望能夠想辦法改善這一點，但市政問題終究不是我們該考量的。」

「您說得……沒錯。」

沉重的嘆息聲重疊響起。

「那麼，我也告退了。」

費奧多爾行了一禮後，這次真的離開總團長室了。

他關上門扉。

（這樣暫且就沒問題了。）

他表面上不動聲色，暗自在內心鬆了口氣。

一等武官姑且接受了費奧多爾的報告內容。雖然他可能或多或少有感覺到不對勁，但只有這點程度還不成問題。菈琪旭人應該暫時是安全的，費奧多爾自己也可以自由行動。

不知道是不是因為情緒稍微鬆懈了些，一個大大的呵欠從喉嚨深處發了出來。

（……還是去睡一會兒吧。）

費奧多爾摀著嘴，眼角滲出了一點淚水，便在走廊上邁步前進。

4．清早

緹亞忒作了一個有點懷念的夢。

夢中的她躲在走廊的轉角處，望著她最愛的那兩個人的背影。

黑髮的青年技官與天藍色頭髮的妖精兵。

這兩人是相愛的！……當時的緹亞忒對此深信不疑。黃金妖精只有女性，而且緹亞忒等人都是在妖精倉庫這個狹小的世界中長大的。對當時的她們而言，以往都只能透過映像晶石中的故事來了解戀愛這檔事。因此，看到那兩人若近若離地保持著微妙距離的背影，就會覺得簡直像是把映像晶石中的情景截取下來，放進了現實當中似的。

『所以說，為什麼是我啊？不諳世事的妳們可能不知道，這世上的好男人要多少有多少喔。』

『或許有其他好男人，但是你只有一個而已。』

『不是啦，所以妳到底為什麼這麼執著於我啊？』

『我反倒才想問這個問題呢。你以為在外面找個好男人，就能讓女孩子的情意輕易地轉移到對方身上嗎？』

『……臨機應變是任何戰場都能通用的重要戰術喔。』

『一被逼進死角就立刻搬出歪理想糊弄過去，這樣實在很不好。』

兩人看似在吵架。

也看似處得很融洽。

看似兩者皆非，也可說是兩者皆是，總之那是一種只有他們倆才懂的情感交流方式。

那就是，那正是所謂的男女情愛——帶著憧憬注視著那兩人時，年幼的緹亞忒心中便種下了這樣的觀念。

未來某一天，說不定自己等人也會如此。

像那樣傾慕某人，也受到某人傾慕。在互相依偎，互相衝突之中，一步步建立起彼此的關係。

她就像這樣……懷抱著夢想。

「……不可能的啦。」

一睜開眼睛，緹亞忒就有一股大笑的衝動。

小時候的夢想既純粹又單純，而且不知天高地厚。隨著年齡增長，對這個世界與自己有更多認識之後，就漸漸明白那是多麼任性的願望。

她沒能變得和憧憬的學姊一樣。

沒有成熟穩重的感覺，身為兵器的能力也沒有什麼長進。

所以，她大概也不可能獲得那樣美好的戀情吧。

（老想這些事情，八成又要被說是滿腦子情情愛愛了。）

她邊咬牙忍住呵欠，邊環視房間。同寢室的妖精全都展現出各自獨特的睡姿熟睡著。

可蓉平常總是比任何人都要早起，現在卻仍在夢鄉裡，讓緹亞忒有點訝異。這就表示可蓉花了好一段時間才睡著吧。現在還沒到吃早餐時，就讓她們繼續睡吧。

她並不想睡回籠覺，於是悄悄溜下床，在沒有拉開窗簾的情況下換好衣服，再披上較厚的外套，便離開了房間。

澄澈而冷冽的空氣包覆住她的全身。

雨勢似乎在夜裡就停了。她前往汲水處洗臉。透心涼的冷水一潑到臉上，就把纏繞在眼睛周圍的倦意給沖洗掉了。

她嘩地抬起頭，將臉埋進毛巾裡擦了擦。

「……咦？」

在道路的對面，她看到有個穿著健身服的圓滾滾物體正在慢跑。仔細一看，那個圓滾滾的物體是被甲族。再看得更仔細一點，她便發現那是護翼軍第五師團的總團長。

被甲族全身包覆著堅固的甲殼，手腳都短短的。順帶一提，他們的長相是偏向帶有無憂無慮的感覺，看起來很可愛。也就是說，整體的外表給人笨重遲鈍的印象。現在卻有一個被甲族在路上輕快地跑著，緹亞忒有生以來還是第一次親眼目睹這種奇異的模樣。

「……原來是會早起的啊……」

她感覺到自己的眼睛逐漸失焦，同時從嘴巴吐出這句話。

就在這個時候，那個穿著健身服的圓滾滾身影跑到了她面前。

「早啊，怎麼啦？妳的表情像是在看什麼無法理解的事物似的。」

「咦？啊，沒什麼。早安，請您別介意。」

她連忙移開視線。

「妳起得真早呢，睡不著嗎？」

「這是因為……唔，該說是不對但相差不遠，還是該說是相差不遠但不對呢？有點難以解釋啊……」

「妳在說啥啊？」

他從汲水處掬起一大把水潑在自己身上，讓發熱的肌膚（應該是甲殼才對）降溫。

「對了，反正妳之後也會知道，我現在就先告訴妳吧，目前還沒找到菈琪旭上等相當兵，看來會變成長期戰，所以要做好拿出毅力去進攻的準備。」

「是……這樣啊……」

她早就預測到會是如此。

而且，不知道是不是因為和可蓉她們在半夜談了那番話，沮喪的感覺……也幾乎沒有湧上心頭。

「那個，我可以問幾個和這件事無關的問題嗎？」

她站直身體，用有點生硬的嗓音這麼問道。

「……看妳鄭重其事地要問我事情，是以軍屬上等相當兵的立場來發問嗎？還是說，是以緹亞忒個人立場來發問的呢？」

一等武官一邊用毛巾擦了擦頭，一邊回問道。

「呃，這個……」

她有點煩惱。

「我不知道該算哪一邊。」

「聽起來好像也挺棘手的啊。」

一等武官轉過頭，不知從哪裡掏出菸草，問了句「不介意吧？」後就用火柴點了菸。

「妳就說說看吧。」

「是關於費奧多爾·傑斯曼四等武官的事情。」

「喔，那傢伙怎麼了？」

「您知道他為什麼會加入軍隊嗎？」

「是這種問題啊？」

他緩緩地吸了一口菸，再吐出來。

紫煙如飄帶般裊裊升騰，然後彷彿溶解似地消失了。

「我當然曉得。畢竟任命他為尉官時，也有調查過他的背景和思想。不過，我可不打算隨便透露這方面的事情喔。」

「在我看來，他其實並沒有想要守護懸浮大陸群的意思吧？該怎麼說呢，他好像反而一直在策劃與此相反的陰謀。」

「……哦？」

他看似感興趣地微微抖了抖菸草的前端。

「為什麼妳會這麼認為呢？」

「他本人告訴我的。」

她回憶當時的事情。

想起那一晚，在遭到〈第十一獸〉吞噬到一半的巨大戰略艇「蕁痲」旁邊，她和他比劍的事，以及彼此說過的話語。

「他說，這個懸浮大陸群有太多不值得守護的事物。還說，如果我們要拚上性命去守護的話，那我們就是他的敵人。」

「哦哦？」

一等武官睜大了圓圓的雙眼。

「這番激進的言論還真是不符合他的作風啊。」

「他……可能只是性格上有致命性的扭曲，但其實是個人很好的傢伙。只是徹頭徹尾地愛使壞，但其實是個很溫柔的傢伙。只是超級無敵不正經，但其實是個既真誠又可靠的傢伙。」

「嗯……這種形容好像可以理解，又好像無法理解啊。」他深深地點頭。「繼續說下去。」

「我不懂他為什麼要這麼執著於我們的事情。他似乎很看不慣為了其他人而賭上性命去戰鬥的行為。」

「如果是看不慣這一點的話，也有不少人跟他是相同的看法，但大部分都沒有明確表態就是了。不過呢——關於這件事，他的立場確實或多或少比較特殊一點，我也能理解他會感情用事的原因。」

緹亞忒嚥下一口唾沫。

「請問，那個原因究竟是什麼呢？」

「唔……」

他偏著頭，煩惱了好一段時間。

「為什麼妳這麼想知道呢？」

「這是因為……」

這回輪到她來思考了。

她覺得自己非知道不可。畢竟那傢伙知道各式各樣關於她們的內情。如果她對他沒有同等程度的了解的話，實在是很不公平。

不過，這個不太足以當作陳述必要性的理由。說到底，她和他分別是上等相當兵和四等武官，而且一個是妖精兵，一個是堂堂正正（？）的墮鬼族。以兩人的關係而言，不公平是理所當然的，講求公平才比較奇怪。

儘管如此，她為什麼還是想要知道呢？

「因為，很不公平。」

明明思考了一大堆事情，結果只能說出這個回答。

她撒不了謊，也不是很清楚自己的想法。對於自己腦筋轉得慢又不懂取巧，讓她感到很想哭。

「對不起，憑這個理由是不行的吧？」

「唔，原來如此啊。」

一等武官豎起一根短短的手指放在嘴邊。

「嗯，我就告訴妳吧。這種事傳出去會鬧出很多問題，所以要對其他人保密喔。」

「咦？」

「他的出身是艾爾畢斯集商國。」

——她的記憶開始回溯。

「艾爾……畢斯……是……」

「順便說一下，他的姊夫是艾爾畢斯軍方的長官，被視為那次事變之際的主謀。」

她的呼吸一窒。

艾爾畢斯集商國。她當然記得，也不可能會忘記。六年前，那些人做出愚蠢至極的行為，把〈十七獸〉帶進了懸浮大陸群。由於緹亞忒當時年紀尚幼，對於詳細情況並不是很了解，但她身為一名剛調整完畢的成體妖精兵，也曾參與過科里拿第爾契市的戰線。

而且……她經歷了現在回想起來也會感到心頭一緊的戰役。

「他的姊夫正是為了改變懸浮大陸群而賭上了自己的性命。儘管手段和立場都不同，但本質和妳們想要做的事情沒有多大區別……就是這樣，那小子才無法坐視不管。」

「所以說……」

她感到口乾舌燥，好不容易才問出了問題。

「他是個危險人物不是嗎？給他軍屬身分，還讓他擔任尉官，這樣真的沒問題嗎？」

「因為那不能當作拒絕的理由。如果他說要繼承他姊夫的遺志的話，那當然還是不行的。不過，他申請從軍時說『姊夫是錯的，我想要親自改正這個錯誤』，還有『希望能讓懸浮大陸群的未來變得更好』，這要怎麼拒絕呢？」

而且實際上，他的能力是無庸置疑的啊……一等武官說著，聳了聳肩。

緹亞忒無法認同。

「那傢伙肯定是在說謊啊！他可是墮鬼族耶！」

「嗯，是這樣沒錯。那傢伙確實很會說謊。」

「所以說！」

「但與此同時，他也很不會與謊言相處。」

什麼意思？

緹亞忒瞬間沉默了下來，一等武官則繼續說道：

「……因為他是本性善良的傢伙，在講漂亮謊言時，自己也會被謊言給耍得團團轉。要是退而求其次地嘗試講些自己駕馭得住的謊言，就會破綻百出，無法取信於任何人。個性如此的傢伙所說出的話裡有著對大陸群未來的關切。那麼，我便想信他一回。」

「這……」

她知道。費奧多爾是個好人。

畢竟她甚至一度覺得讓他成為菈琪旭的戀愛人選也不錯。姑且不論他的話語，他的心地是值得信任的。

然而，儘管如此——或者說正因如此，她才說什麼都很想知道他的真實心聲，以及他真正的期望。

「……我明白了。」

她現在當然也只能這麼回答。

「這樣一來，立場有變得公平一點了嗎？」

「這個……我不是很清楚……可是……」

「怎麼啦，這麼沒把握啊？」

「對不起，可是，我感覺自己……似乎明白很多事情了。」

「這樣啊，那就好啦。」

一等武官嗯了一聲，點點頭。

「不過，我了解因為某個問題而對上司產生疑慮，難免會感到不安。但是，盯住這個問題是他的上司的工作。妳就像以往一樣，和那傢伙開心地打打鬧鬧就行了。」

被甲族的長相宛如布娃娃似地可愛討喜。就算要人看在這張面子上，也實在感覺不到什麼說服力，或者應該說是欠缺了緊張感。

「才一點都不開心呢。」

她連反駁的聲音都顯得不太有力道。

腦子裡亂糟糟的。

一等武官離開後，她又用冷水洗了把臉，然而仍舊洗不掉內心的煩悶。

「……艾爾畢斯集商國。」

她再次咀嚼起這個名字。

當然，費奧多爾個人並沒有錯。但是在他的身邊，曾經擺著這麼一樁無法淡忘的滔天大罪。他知曉了這件事。

她想要獨自一人整理思緒。

於是，腳步很自然而然地往護翼軍基地外面走去。她要前往的，是第一次遇到費奧多爾的地方，那個視野寬闊的的廢棄劇場。在緹亞忒的所知範圍內，那裡是最適合思考事情的地方。

「……嗯？」

她看到了某個熟悉的背影。

雖然對方穿著便服，但不會錯的，是費奧多爾。

來得正好。她這麼想道。她有一大籮筐的問題想問他，也有話想告訴他。她決定把他逮到風景好的地方，然後展開問題攻勢。

當她打算跑過去時。

驀然察覺到一股不對勁，於是停下了腳步。

費奧多爾的動作有點奇怪。他東張西望的，似乎格外警戒他人的目光。再加上他的腳步很快，彷彿趕著要去哪裡的模樣。此外，他前往的方向和剛才的緹亞忒相同——是往護翼軍基地外面。

「這是怎樣？」

他大概是要出去尋找菈琪旭，所以她能理解他要外出的理由。但是，之後的那番可疑舉動究竟又該怎麼解釋呢？

她猶豫了一下。

接著，她拉過自己的一縷髮絲看了看。她的頭髮是亮綠色，在色彩單調的那座城市中，八成會非常顯眼。因此，她拉上外套的帽子遮住頭髮。

然後，她放輕腳步地奔跑起來。

「——這都要怪你自己，誰叫你要在這種時候做出那麼可疑的舉動。」

費奧多爾的直覺很敏銳，太靠近的話，馬上就會被他發現。

所以，她保持著足夠的距離，到處藏身在遮蔽物後方，悄悄地跟在他後面。

十分鐘後。

一踏進路段錯綜複雜的地區，緹亞忒就立刻跟丟費奧多爾了。

5. 虛假的紅色

「……嗯？」

費奧多爾回過頭。

總感覺有人在看他，不對，是好像有人在追他。

但是，當他重新檢視四周後，便沒有察覺到類似的氣息了。

「是錯覺嗎？」

他重振心情，再次踏出步伐。

現在是清晨。

儘管佶格魯是他的同夥，但彼此之間並沒有建立起足以稱兄道弟的信賴關係。雖然佶格魯可能算是挺靠得住的，可是他不知道該不該信任他。把菈琪旭交給這樣的對象，讓他擔心到沒辦法安穩地小睡一會兒。所以他在太陽升起前就醒了過來，然後立刻奔出了護翼軍基地。

（畢竟沒有出現騷動，應該沒有失控才對……）

即使過了一夜，再次想起來，他仍覺得這是一場很危險的賭注。但就算如此，他事到如今也沒有退出的打算。

他的腦子有一點昏昏沉沉的。

（不光是睡眠不足，還作了個惡夢啊……）

他模模糊糊地想起來。他夢到自己好像在某個從未見過的地方，和某個從未見過的人，舉著從未見過的劍互相劈砍。而且自己好像還被捲入了焦躁、憎恨、悲傷等各種負面情緒的漩渦當中。

之所以會說「好像」，是因為他想不起相關細節了。所謂的夢境，總是在你置身其中時感覺逼真無比，然而一旦醒來後，卻又會立刻消逝無蹤。夢境就是如此。

總而言之，因為這個緣故，早晨醒來的清爽愜意也都白白糟蹋了。

「您在找路嗎？」

當他腦中轉著這些思緒時，似乎在不知不覺間停下了腳步。因此大概是被當作迷路的人了，只見觀光導覽用的自律人偶（Golem）過來向他搭話。

「沒有，不用擔心。」

他輕輕揮了揮手，將自律人偶趕走。自律人偶略微彎腰，一邊說著：「祝您有美好的一天」一邊離開了小巷子。這座城市老早就失去觀光價值了，但他們直到現在仍舊堅守著一開始被賦予的職責。

該繃緊神經了。他這麼想道。

危險的賭注已經開始了。既沒有回頭路可走，也不允許栽在這裡。他能做的事情只有一個，就是不斷向前進。

費奧多爾輕輕拍了拍自己的臉頰，然後重新邁步出發。

†

好紅。

這是費奧多爾被帶進菈琪旭的房間後，第一個抱持的感想。

麻木了一半的腦子開始慢慢地掌握住眼前的狀況。

這個紅色是禮服的顏色。

澄澈而鮮豔的酒紅色。

禮服沒有袖子，是很大膽的設計風格，後背也是有點大膽的鏤空剪裁。儘管如此，卻很神奇地不會讓人覺得品味低俗。裙襬是紅色絲綢與白色蕾絲交疊般可愛的大荷葉邊款式。雙手戴著長至手肘的黑色手套，腳上則穿著同色的長襪。

整體而言，該怎麼說呢……很誘人。沒錯，就是這樣。

「……哎呀，早安，費奧多爾。」

穿著禮服的少女闔起看到一半的書本，輕快地轉身看他。

那頭緋紅色長髮——應該是假髮吧——輕柔地飛揚起來。她略顯不耐地將拂到臉上的一縷髮絲撥掉。

「菈琪旭……小姐？」

「對，沒錯。我看起來像別人嗎？」

「看起來就是別人。」

費奧多爾帶著複雜的心情做出評論。

菈琪旭本來（應該說那四個人全都是如此）就不是個愛打扮的女孩子。穿軍服時自然不用提，連便服也都極為樸素……真要說的話，就是給人一種土里土氣的印象。

而這樣的她，卻打扮得如此高尚優雅，簡直像是某個貴族的千金小姐。而且，總覺得還醞釀出一種可以稱之為妖豔的氣質。

坦白說，看起來完全就是另一個人。

「佶格魯先生說昨天的衣服太不像樣了，就替我準備了這一套服裝。我明明都說自己不適合這種風格了，但他都不聽我的。」

她微微地鼓起臉頰。

「那麼，從你的眼光來看，這副模樣如何？不會很奇怪嗎？」

「……非常適合妳。」

費奧多爾本來就是出身自算得上富裕且有權有勢的家庭。他以前經常被帶去社交場合，像這類的裝扮也可以說是司空見慣了。

於是，費奧多爾是這麼想的。

該怎麼說呢，這個，呃，這樣也格外有新鮮感，很棒。非常棒。嗯。

「以改變外在形象的意義而言，我覺得是很完美的變裝，嗯。」

「是嗎？那就好。」

他無法再忍受直視對方所引起的害羞感，便移開了視線。

順便環視一下周遭。

這房間真好啊……他這麼想著。

這裡原本應該是某人的個人房間吧。壁紙是可以讓眼睛放鬆的淡褐色，再搭配感覺價值不菲的木製日用品。牆邊擺著一排大型書架，衣櫃上有一艘裝在玻璃瓶裡的飛空艇——是約莫兩個世代之前的傑出巡航飛空艇「安茹」的模型。仔細一看，從那艘飛空艇的最大特徵——排熱孔的配置，到壁面的塗飾都相當細膩地照實重現。他心中冒出佩服的想法後，又轉念覺得現在並不是這種時候。

房內只有一扇位於高處的窗戶，用於採光和通風。牆壁也建造得相當厚實，感覺隔音效果應該不錯。換句話說，選這裡當作藏身之處簡直無可挑剔。

「呃……妳有沒有覺得哪裡不便？像是房間住不慣，或是食物不夠吃之類的……」

「你又問我這麼難回答的問題啊。至少我覺得這裡的待遇沒什麼不足的。佶格魯先生真的對我很好。雖然有一點無聊，但這也沒辦法。」

「也就是說？」

「不足的是我的內在。我花了一整晚去回憶各方面的事，但完全沒有一丁點具體的記憶。相對地，情感……或者應該說衝動吧，湧上心頭的都是這種模稜兩可的東西。」

菈琪旭用手指抵著太陽穴，思考該怎麼措詞。

以前的她從來不會做出這種動作，卻很神奇地相當適合現在的她。

「……大概就像是大夢初醒的感覺吧。明明應該有過一些重要經歷，但又想不起相關內容。不過，只有透過這場夢所得到的感受留在了心中，簡直不可思議。」

費奧多爾的心臟猛地咯噔一跳。

既然現在這個菈琪旭擁有能回想起的過去，表示那可能是屬於原本的菈琪旭的過去。

「我首要想起的，就是憤怒。很強烈的憤怒。無論如何也無法饒恕護翼軍，為此就算破壞一切也在所不惜。」

「真可怕啊。」

「對，是很可怕。」

她聳了聳肩。

不知道是不是因為那身裝扮的緣故，這個舉動看起來格外高雅。

「你認識昨天以前的我，對吧？那你知道，我的這種感受是來自於哪裡嗎？」

費奧多爾回想自己所認識的菈琪旭．尼克思．瑟尼歐里斯。

她對護翼軍並沒有懷抱任何怒意。那名文靜的少女，無論何時，無論面對什麼，總是用逆來順受的心情選擇接納原諒。

「……不，我什麼都不知道。」

如果那種情感不是菈琪旭的記憶，剩下的答案就只有一個了。費奧多爾當然有察覺到這件事，但他還是撒謊了。

「這樣啊……那也沒辦法，只能耐著性子面對了。」

菈琪旭用不太嚴肅的口吻這麼說，接著，她自然而然地縮短與費奧多爾之間的距離。

「我能想起的感受，還有一個就是了。」

她彷彿理解了什麼似地低聲說道。

費奧多爾絕對算不上高大，但和嬌小的菈琪旭相比之下，他確實高出許多。若是兩人之間的距離消失了，少女當然必須抬頭看他。

「……我可以摸你嗎？」

「不是吧，為什麼啊？」

他不由得退後半步。

「我也覺得很不可思議。與其說是我的意志，不如說這具身體似乎很想接近你。」

少女用指尖輕輕地敲著自己的胸口。

「待在你身邊就覺得很安心，彷彿我們本來就該同屬一體。」

雖然這句話聽起來很像在告白，但在少女的臉上找不到什麼類似的徵兆。這些話語對她而言，是源自於她自己無法掌握的某種奇異現象，只有字面上的意思罷了。

「嗳，昨天之前的我們，到底是什麼樣的關係呢？難道是互相發情的感覺嗎？」什麼發情，是動物嗎？

曾經一有什麼就會紅著臉硬要扯到酸酸甜甜的戀愛故事的那名純真少女，個性已經產生了一百八十度大轉變。

「……不，沒有這種事。我對無徵種的女孩子不感興趣。」

「哦，這樣啊。」菈琪旭有些落寞地微微一笑，「我好像也能理解你的想法。無徵種全都是性格有缺陷的傢伙，沒一個好東西。」

明明她自己也是無徵種，卻又說出這種不知從哪兒聽來的話。

「那麼，我再問一次，我可以摸你嗎？」

「不是吧，所以說為什麼啊？」

「我不是說過了嗎？因為在你身邊會感到很安心。」

「不，我勸妳還是放棄比較好。雖然妳可能已經忘了，但和他人保持適當距離是人生當中相當重要的一件事。」

他不禁板起臉色。

「少搬出歪理。面對一個失去記憶而徬徨不安的可憐女孩子，你難道就不想至少安撫她一下嗎？」

「我認識的菈琪旭小姐，好像不會說出這種厚臉皮的話吧？」

他往後退去，與她隔開一段距離。

妳錯了。他很想這麼大喊。

她對他的這份感情，並不屬於戀情、愛情或者發情，甚至談不上是信賴。

之所以待在身邊會感到安心，覺得兩人本該同屬一體，這全是因為昨晚墮鬼族擁有的瞳之力碰巧順利生效而已。

他的眼瞳俘虜了這名少女，使她如今深信費奧多爾是值得信賴的親友。這和她原本的記憶、經歷、性格和天性等毫無關聯，是被歸類在異物的一種心靈碎片。

這應該就是她所懷抱的情感，其背後藏著的所有謎團。

要趁機利用這種被捏造出來的好感是很簡單的一件事。現在的話，不管費奧多爾要求什麼，那個少女應該都會毫不猶豫地答應。恐怕就如同在遙遠的過去，墮鬼族的祖先們迷惑人族使其墮落一般，這個菈琪旭的心靈依歸，現在就掌握在費奧多爾的手裡。

正因為很簡單，他才絕不希望自己去做出這種事情。

†

「我的眼光如何呢？」

豚頭族的表情原本是比其他種族還要難懂的。但是，現在佶格魯的臉上是什麼模樣，連不屬於豚頭族的費奧多爾也看得出來。那是完成了最高傑作的人才會露出的滿足笑容。

「我認為總有一天會有變裝的必要，所以就做了準備。裝扮是我一手包辦的，我自認成果相當不錯啊。」

「我承認是很適合她啦。」

關於這一點，他只能低吟似地頷首認同。

「所謂的變裝，目的是為了掩人耳目吧？那麼……呃，該說是可愛嗎？那種引人注目的服裝不會造成反效果嗎？」

「需要外出時，會準備另一套服裝。剛才那套禮服只是我個人的喜好而已。」

還喜好哩。

「你明明是豚頭族，卻很了解該如何替無徵種少女打扮啊。」

「哎呀，你不知道嗎？我們一族從以前就是這樣喲。」

「是怎樣啊？」

「意思是，我們的起源和鬼族（Ogre）很相近。」

所謂的鬼族，是從遠古時代在地表繁榮一時的「人族」中，分化而衍生出的種族。

他們原本全都屬於人族。然而，因為惡意、習慣或詛咒等原因，導致整副肉體最終變成其他種族。而且毫無例外地，他們皆受到本是同根生的人類敵視，被當作是一種怪物。

不知是否由於誕生自人族的緣故，隸屬鬼族的種族幾乎都長得和人族極為相似……也就是無徵種。舉例來說，身為墮鬼族的費奧多爾就是如此。

「雖然我們豚頭族不分男女都是這副模樣，但據說在古代，也有不少雄性偏好雌性人族而娶作妻子呢。」

彷彿是在誇耀自己人一般，佶格魯看似興致十足地說道。

「可能是因為這樣，直到現在，我們豚頭族之中也還是有人喜歡可愛的雌性無徵種。不過，這種品味並沒有受到認同就是了。」

也就是說，這和偏好獸人族女性的費奧多爾所主張的內容是屬於差不多的類型。

既然如此，他就懂了。可能是覺得面上無光吧。

「如果你有指定的裝扮的話，我也可以為你準備好。」

「沒關係，不用了。是說，看你的樣子還真是樂在其中啊。」

「這是當然的。畢竟機會難得啊，當然要讓我好好享受一下。」

佶格魯晃著肚子笑了起來。

「應該暫時要請你照顧菈琪旭小姐一陣子，沒有問題吧？」

「這個自然，能盡棉薄之力相助，我感到很高興……對了，還有昨晚提到的事。」

佶格魯輕輕地拍了拍手。

其中一名護衛默默地走上前來，將一個黑色皮革袋遞給費奧多爾。

「這是？」

他沒有收下，而是先開口詢問。

「我把撬開金庫的專家會使用的小工具都搜集起來，裝在那裡面了。雖然省略了一些必須具備專業技術才能使用的東西，但既然只是打開木箱而已，這些應該就足夠了吧。」

「……哦。」

他確實有拜託佶格魯幫忙準備。這些專業工具，都是為了把寫有「死亡的黑瑪瑙」的那個箱子裡的東西強行拉出來。

「才過了一天而已，手腳真是迅速啊。」

「畢竟對於背地裡的交易而言，快速採辦可是重要的武器啊。」

「你真的很靠得住。」

他伸出手，接過皮革袋。

袋子沉甸甸的很實在。儘管可以透過指尖感覺到袋子裡的工具相互摩擦碰撞，但完全沒有傳出聲響。

他打開袋子，確認內容物。有錐子、剪刀、鐵撬、裝了某種液體的瓶子、各種材質不同的布塊以及其他形形色色的東西。

「雖然已經排除掉特別難用的工具，但保險起見，還是花十天適應後再使用吧。」

「不。」

費奧多爾搖搖頭。他當然明白佶格魯說這番話的用意，也同意佶格魯是對的。但是，他現在沒辦法那麼從容不迫地慢慢做準備。

「其他事前工作都完成了。事不宜遲，我今天之內就會用到這些東西。」

6. 培根、沙拉和柳橙汁

「……咕唔唔。」

緹亞忒發出如同負傷的熊一般的低吼聲，當場跺起腳來。

「這座城市是怎樣啊！到底在搞什麼啊！」

她不僅跟丟了費奧多爾的背影，連回去的路都搞不清楚了。原本是鼓足幹勁展開的追蹤戲碼，結局卻是如此沒勁。

萊耶爾市這種由機械裝置構成的市貌，相較於其他都市，視野既差又不便行走。道路毫不客氣地上下左右到處曲折延伸，也有一些路是必須使用梯子或油壓門才能通過，還不時會從牆壁噴出廢蒸氣遮擋視線。基於種種理由，總之這座城市並不適合用來追蹤別人。

儘管如此，她姑且還是知道他往東南二號地區，也就是第二坑道開通紀念館地區的方向過去了。

除此之外就什麼也不曉得了。

「哼啊！」

她帶著焦躁的心情往旁邊的牆壁捶了一拳。伴隨著響亮的叩咚一聲，牆上出現了一小塊凹陷。超乎想像的蠻力。看來她下意識地催發了一點點魔力。

「……肚子餓了。」

沒吃早餐就跑到這裡來的事實，重重地壓在心頭上。

趕緊折返回去嗎？不，現在大概也趕不及在餐廳關門前回去了。

她環視四周。

理所當然地，她對這裡的景色很陌生。在她光顧著追上那個混帳時，似乎就不小心鑽進了人跡罕至——雖說在這座城市中，不管走到哪裡都差不多是這樣——的小巷裡了。

她多少有點不安，也擔心這裡的治安會不會很差，要是遭到強盜襲擊可就麻煩了。不過，如今這麼冷清蕭條的城市應該也不會有那種宵小出沒了。再者，就算遭到攜帶刀具或火藥槍的普通人襲擊，這點程度的話，她還是有自信能擺平對方的……

「妳該不會是莉妲妹妹吧？」

突然有人從背後拍了一下她的肩膀。

她嚇了一跳。

「呀哇！」

她發出莫名其妙的尖叫聲，當場小小地蹦跳起來。

咕嚕嗚啾啾嗚嗚。在遭受衝擊後，至今為止都保持沉默的胃袋，這時發出了難以形容的聲響。她「啊呀」地驚叫一聲，連忙用雙手壓住肚子，但發出去的聲響如今已無法收回。而且它現在依然沉聲「咕嚕嚕嚕」不滿似地叫著。

她轉過頭。

發現眼前站著一個臉色驚訝的女子。

這個女子的外貌沒有明顯特徵，年紀比她大很多……比她認識的年長女性還要再大一點，大概是二十五歲到三十歲之間。

對方有一頭明亮的銀髮與深紫色眼瞳。她應該是第一次見到這個女子……但不可思議的是，感覺並不像初次見面。她可能在其他地方見過氣質十分相似的人吧。

「……對……對不起，我嚇到妳了吧？」

對方臉上仍帶著不知所措的表情，用疑問的語氣問她。

「咦？沒有，那個……」

在緹亞忒本人找到適當的措詞回應前，她肚子裡的饞蟲就「咕嚕嚕嚕」地大聲回答。

過了五分鐘左右，緹亞忒的鼻子聞到了感覺很好吃的味道。

她此刻人在距離剛才那地方只有幾步路的小小餐廳裡，正坐在靠窗的座位上。

「我最近早上都在這家餐廳吃。店長也說，在食材斷貨之前都會繼續營業下去。」

「哇……」

她忍不住發出感嘆聲。

焦香四溢的培根、煎得滑嫩的雞蛋、冰過的清脆沙拉、裝滿籃子的烤麵包，以及閃耀出寶石光澤的柑橘醬。

如果這不叫早餐，那什麼才配叫早餐呢？要是回去軍方那邊的餐廳的話，她就無緣見到這種最高級的正統早餐了。

「希望合妳的胃口嘍。」

一定很合胃口的。因為聞起來是這麼地香啊。

「剛才真是抱歉，我以為妳可能是我認識的女孩子，結果搞錯了。」

「不會，沒事沒事！應該說要道歉的是我才對，讓您看到失態的一面真的很抱歉。」

她朝女子低頭賠不是。

女子優雅地輕聲一笑。

「總之，這是不小心嚇到妳的賠禮。趁熱吃吧。」

好厲害。總覺得，對方舉手投足的每個動作都流露出成熟的氣息。

「啊，好的。不好意思，真的很謝謝您，那我要開動了。」

對緹亞忒而言，成熟的代名詞就是珂朵莉學姊。然而，眼前這名女性所散發出的「某種成熟氣息」，似乎和學姊有哪裡不一樣。

她也說不上來是哪個地方讓她有這種感覺的。

「那個，關於您剛才提到的莉妲妹妹……」

她把培根切碎，和切開的煎蛋一起放在麵包上，然後送入口中。

預料之中的美味。湧起一股正在吃早餐的真切感受。

她在內心對可蓉、潘麗寶還有莉艾兒道歉。對不起，只有她一人享受到這種美味。

「既然您會搞錯，那就表示她跟我很像嗎？」

「……我也不曉得，但一定很像吧。」

「一定？」

「我好幾年沒見到她了，所以相較於我記憶中的她，現在應該大為改變了不少。她的年紀只比妳小一點，肯定也長高了很多吧。」

這個，該怎麼說才好呢？好像已經不是像不像的問題了。

「妳看妳的外套。」

女子朝她指了指。

「莉妲妹妹她啊，因為出身家庭的緣故，外出時總是穿著連帽外套。雖然我一直沒能見到她，但有聽說她最近來到這個城市了。所以看到妳的背影，我就猜想可能會是她。」

她的聲音聽來有些落寞。

「總覺得很抱歉……」

「不，是我自己搞錯了，妳沒有任何不是……而且，雖說是我邀請妳過來的，不過妳那邊沒問題嗎？妳應該是在找人吧？」

唉……嗯，姑且是這樣沒錯。

「與其說是找人，不如說是在追人，但沒事。大姊姊朝我出聲時，我已經跟丟了。」

「……是男孩子？」

「啊，是的。」

「男朋友？」

「不是。」

在腦筋開始思考之前，身體已經反射性地這麼回答了。

「我最討厭他了，他也很討厭我。」

她斬釘截鐵地說道。

「有這麼嚴重？」

「……因為他就是很令人討厭。」

她同時也覺得似乎不該談這件事，畢竟對象並不是一等武官。

但是，不知道為什麼就是很想說。心中很希望把這些事情，告訴某個跟她和費奧多爾都沒有關連的人。所以，她把軍隊、妖精和兵器等事情全部省略掉，簡單地說明情況。

她表示，有一份略微棘手的工作必須有人去完成，最後決定由她們來做，大家也花了一段時間接受這個事實。

「結果那傢伙好像對這件事感到很不滿。他叫我們不要做了，如果我們不聽的話，他下次就要阻撓我們。」

「哦。」

女子一邊在麵包上抹些許柑橘醬，一邊說：

「這不是被愛著嗎？」

嗚咕。

麵包噎在喉嚨裡了。

「才……才不是愛呢，只不過是他某種奇怪的執著而已。」

「是這樣嗎？即使要與妳們為敵，他也想要守護妳們對吧？真好啊，既笨拙又率直，完全展現出男孩子青春的一面，有種酸酸甜甜的滋味呢。」

才不是這樣。雖然她剛才的說明可能不太好理解，但再怎樣也不會是那種聽起來很美好的故事。

「可是，那傢伙為了這份執著，打算讓自己背負許多不必要的東西。」

「這一點，那個男孩子一定也對妳說過相同的話吧？」

「…………」

「我說中了？」

是的。她咬著嘴唇點點頭。

「這不是兩情相悅嗎？果然是酸酸甜甜的滋味呢。」

「但是，實際上不是這樣的……」

她連否認的聲音都顯得有氣無力的。

女子豎起兩隻手的食指，一臉愉快地讓指尖相互觸碰。

「會從正面碰撞，就代表你們兩人的心是向著彼此的。如果其中一邊向著不同的方向，是不會產生和你們一樣的關係的。」

「是……這麼一回事嗎？」

「沒錯，別看我這樣，我可是研究人心的專家喲，妳可以放心信任我沒關係。」

「專家……您是學者嗎？還是醫生呢？」

「唔，這個嘛，比起學者和醫生，是更為實際一點的感覺就，是，了——」

女子只把話說到一半。

只見她的視線往店外飄去，朝向巷子的對面。

「——抱歉，我好像得先走一步了。」

「唔咦？」

緹亞忒正嚼著沙拉，沒辦法好好回應。

「我突然有急事，帳由我來結，妳慢慢吃吧。」

「唔咦？唔咦？唔咦？唔咦？」

「那麼……那孩子就拜託妳嘍。」

緹亞忒還來不及說什麼，女子就迅速起身，直接走到老闆那邊說了幾句話，遞出帛玳紙幣後，隨即離開了餐廳。

她的視線回到桌上，女子的餐盤不知何時已經吃得乾乾淨淨。

咕嘟。她把嘴裡的食物嚥下去。

「走掉了。」

某方面來說，還真是個來去如風的人。突然出現，又突然離去。

她也沒來得及感謝她請吃這頓早餐。

說起來，她連名字都忘了問，自己也忘記報上名字了。她直到現在才為時已晚地想起這件事。

†

費奧多爾和她是兩情相悅。

她再次想起這個荒謬的說法，覺得這樣說未免也太惡搞了。

不過，確實也有一些可以同意的部分。撇除喜歡或討厭這一類情感不提，她和他毫無疑問是從正面相對而立。

為什麼會這樣呢？

她回憶起在那個廢棄劇場遇到彼此的那天。那是她們四名黃金妖精肩負以死亡為前提的任務，來到這座懸浮島之後過沒多久所發生的事情。

當時，由於一時興起，她便與菈琪旭她們三人分頭行動，獨自一人在街上亂晃著，然後發現了那個地方。她想要從高處眺望這座今後她們要以命相救的城市。從這方面來看，那裡是一個絕佳地點。寂靜的街貌，在那個當下已經瀕死的萊耶爾市，全都實實在在地盡收眼底。一種不同於寂寞與遺憾的灰色情感，充滿了緹亞忒的內心。

就在這個時候，那名少年出現了。

——很危險喔。

有點冒失的這句話，破壞了緹亞忒的一人世界。

被灰色染盡的風景，在這一刻，稍稍恢復了一點色彩。

她現在仍能回想起當時的心情。明明已經決心赴死，把自己當作半個死人了，卻被拉回現實之中。聊些有的沒的，還給他看到自己耍了點蠢的一面。然後，她因此想起自己還活著的事實。

僅僅如此的小事，實際上卻讓她覺得自己得到了莫大的救贖。

回想起這之後的事情，便發現和他在一起的回憶總是點綴著新鮮的體驗。和那樣的男孩子貼近共處的時光——說到底，接觸年齡相仿的男性這件事本身也是如此——她還是第一次有這樣的體驗。

哎——沒錯。

對緹亞忒·席巴·伊格納雷歐而言，他是和自己一同經歷過各種初體驗的對象。是第一個和她互訴心聲的對象；是第一個和她吵架的男孩；是第一個看穿她真正心思的對象；是第一個認真持劍交鋒的對象；是她無可救藥地在意的對象，也是無可救藥地在意著她的傢伙——

因此。

如果她有初戀對象的話，那個人一定是……

「……不不不。」

所以說，為什麼結論會變成這樣呢？

這是錯的。她和他並不是那樣的關係。

——那孩子就拜託妳嘍。

她突然想起女子臨去之際所說的這句話。

這句話是什麼意思？又是在指誰呢？

從女子看似親暱地稱呼為「那孩子」來看，應該是指之前提到的莉妲小姐吧。但是她又沒見過那樣的女孩子，就算拜託她也無濟於事。

既然如此，難道是指她自己提起的費奧多爾的事情嗎？不不不，這才更不可能。再說，那種事情在剛才的對話中一次都沒有提過。

「……唔……嗯？」

費奧多爾是銀髮紫眸。

而剛才那名女子也是如此。

他們之間該不會有某種關聯吧？這個想法一度浮現於緹亞忒腦中。

「怎麼可能啦。」

她大笑幾聲，決定忘掉這件事。

7. 死亡的黑瑪瑙

等到夜晚來臨才動手，應該比較合乎常理。

然而，零號機密倉庫的警備狀況從早到晚都不會有改變。而且場所位於地下，陽光構不成阻礙。既然如此，選擇白天夜晚也沒有意義，所以——

在豔陽高照的午後。

費奧多爾再次挑戰潛入護翼軍的最深處——醃漬桶。

所謂一回生，二回熟……完全沒有這樣的事，當費奧多爾進入倉庫內關上門的那一瞬間，他再次嘗到全身力氣都被抽走般的錯覺。

這個地方平常不會有人進來，現在乍看之下，和昨晚沒有任何差別。又暗又滿是灰塵，狹小的空間裡擺著裝有超危險物品的箱子。

他將光亮控制在最小限度，讓眼睛習慣昏暗的環境。

然後依循記憶來到寫有「死亡的黑瑪瑙」的箱子所在處，伸手觸碰。

（動手吧。）

他在腦中演練一遍流程。

這個木箱本身看起來沒有多堅固。儘管當然沒有到脆弱的程度，但用來存放〈獸〉這種空前危險的物體就顯得很不自然了。也就是說，這木箱裡恐怕還有用其他容器密封起來。可能是鋼鐵之類的，稍微再嚴密堅固一點的東西。

因此，首先要在木箱側面找個不太顯眼的地方，打個小一點的洞。

然後把燈晶石塞進洞裡，確認內容物的大小和形狀。

如果看起來可以從旁邊拉出來的話，再把洞打得大一點……

（……嗯？）

他察覺到一件事。在微弱的光線映照下，他看到木箱上層，也就是蓋子的部位，有類似縫隙的東西。

那是一扇大概有兩隻手掌攤開大小的小窗子。

（窗子？）

真是奇怪啊。他這麼想著。

一個存放危險物品的箱子，為什麼需要那種東西呢？難道透過這扇窗子，可以看到裡面某種必須特地開一扇窗子來確認的物品嗎？

雖然覺得不太對勁，不過這下就方便多了。

他一邊提防有沒有機關之類的裝置，一邊慢慢地打開小窗子。

然後探頭往裡面看。

他有一種四目相交的感覺。

「…………………………！」

他險些驚叫出聲，連忙用手摀著嘴，拚命忍住了。

一陣強烈的暈眩感襲來，他差點當場倒下。

（這是……什麼啊……）

他無法理解。

按照費奧多爾的預測，這個木箱裡面應該是沉寂已久的大賢者的遺產。而且是五年前在科里拿第爾契市遭到討伐……遭到擊殺的〈嘆月的最初之獸〉的亡骸。

費奧多爾不曉得〈最初之獸〉的外觀，但其他幾種〈獸〉他都逐一查得清清楚楚。包含艾爾畢斯的部份研究成果以及護翼軍的戰鬥紀錄在內，〈第二獸(Aurora)〉、〈第三獸(Dependance)〉、〈第四獸(Légitimit)〉、〈第五獸(Materno)〉、〈第六獸〉、〈第十一獸〉——幾乎是所有已證實存在於歷史上，並留有相關紀錄的〈獸〉，他都自認握有最低限度的知識。

因此，他下意識地認定，既然其他〈獸〉都是那樣的怪物，那麼，〈最初之獸〉恐怕也是類似的異形吧。

然而。

費奧多爾剛才已經親眼確認過這個木箱裡的東西。

那東西跟他想像中的〈獸〉有著天壤之別。

他實在無法相信那竟然會是〈獸〉。

要問為什麼的話，是因為——

「你看到了？」

——他回過頭。

不知何時，入口的門又被打開了。

一陣寒意竄過他的背脊。畢竟他什麼聲音都沒聽到，也沒有察覺到其他氣息。

怎麼會？

找不到答案的問題不斷增加，加劇他腦中的混亂。

「唉……」

站在門邊的圓滾滾身影從懷中掏出菸草叼在嘴邊，然後把火柴往牆上一擦，點起火。

「我內心可真是五味雜陳啊。很想誇獎你潛入這種地方的本事和行動力，也覺得我可愛的部下竟然辦得到這種事，簡直大有可為啊……」

伴隨著語氣輕鬆的嗓音，朦朧的紫煙飄浮在空中。

可以把火源帶進這間倉庫嗎？他腦中浮現這個無關緊要的疑問。

「但是，無論是你正在做的事，還是你打算做的事，我實在都不能坐視不管。」

「一等武官。」

他用乾啞的嗓音問道。

「您為什麼會在這裡？」

「還問為什麼，因為你在這裡啊，費奧多爾・傑斯曼四等武官。」

「我不是這個意思。」

「就是這個意思。」

一等武官往前踏了一步。

費奧多爾往後退了一步。

「我早上也有跟蹤你，但馬上就跟丟了，本來還想說不會那麼容易就抓到你的把柄，已經做好心理準備……沒想到你竟然就在今天之中動手了，而且還是如此大膽的妄舉。」

所以他上街時，才會感覺到背後有氣息嗎？看來差一點就讓一等武官跟到佶格魯的店裡了。想到這裡，他不禁打了個哆嗦。

「我有犯下什麼會引起懷疑的疏漏嗎？」

他拚命地回想自己至今為止的所作所為。但是，他完全想不到任何像是失敗的舉動。他找不到一個可以合理解釋一等武官為什麼人在這裡的理由。

「這個嘛，當然有啦，而且是不像你會犯下的致命性疏漏呢。」

一等武官的口氣聽來悠哉，卻又藏有一絲嚴厲。

「所以，我才會在這裡。」

「可是，我什麼也……」

「你還記得昨晚的事情嗎？『發生建築物倒塌』、『推測爆炸是其原因』……聽到這樣的報告內容，你卻沒什麼反應不是嗎？」

「──啊──」

他察覺到了。

「你就一臉『司空見慣了，沒必要感到驚訝』的表情，聽完就不當一回事了。」

的確，他照理說是不可能會這樣的。畢竟，當時他才剛報告完沒追查到菈琪旭的下落一事，還把自己的猜測告訴一等武官，說菈琪旭應該潛伏在市內某處。

妖精兵是有可能造成大規模破壞的，而且威力不亞於火藥和蒸氣壓引發的爆炸。

「發生了原因不明的爆炸，如果是你，應該會想到菈琪旭上等相當兵。而你之所以完全不為所動，是因為你確認過她的行蹤與安全，不然不會有那樣的反應。我有說錯嗎？」

根本是低級到無藥可救的演技失誤。

這點程度的事情，他竟然直到剛才都沒有想到。

「……有可能只是腦袋不太靈光導致沒有聯想到而已，不是嗎？」

「如果是其他傢伙的話，搞不好會有這樣的可能。但唯獨費奧多爾．傑斯曼四等武官是絕不可能犯下這種失誤的。」

被甲族的喉嚨發出咯咯咯的聲音，略顯落寞地笑了。

「你年紀輕輕就爬到尉官的位子，今後應該也會一路扶搖直上，是第五師團備受期待的新秀。如果在一等武官（我）退休時，這世界和護翼軍都還存在，應該會把位子讓給你吧。」

「一等武官……」

「我可是很認真地夢想過那樣的未來啊。」

他想不到該回答什麼。

感覺眼睛一熱。

他的視野模糊了起來，而這和周遭的黑暗無關。

「我真的……非常抱歉。」

他好不容易才擠出這麼一句話。

「你是指什麼？」

「我辜負了您的信賴。」

「喔，關於這一點，你不需要道歉。你對我並沒有任何欺瞞。」

「啊？」

「你是真心在為懸浮大陸群的未來著想，也認真地嘗試要矯正你姊夫的過錯，為此，你加入護翼軍，而又為此背叛了護翼軍。你沒有任何心術不正的地方，也沒有做出應當羞愧的行為。

只不過，你的這條路就要斷絕於此了，著實是一件令人惋惜的事情啊。」

「——唔！」

他再也想不到能說什麼了。

費奧多爾拔腿衝刺。這間機密倉庫的出入口只有一個。既然一等武官人就擋在那裡，如果不想辦法突破這一關，看是要撞倒他或是從他身旁鑽過去，就沒辦法成功脫逃。

被甲種的體格很有重量感，看起來簡直像一面高牆。

（就算如此，我應該也有辦法突破——）

經驗豐富的戰士會觀察對手的重心、目光和步伐等處，藉此隨時掌握住對手展開下一步動作的些許跡象。因此，他只要在其中混入假動作，動向就一定會被打亂。像這樣反過來利用對手的洞察力來戰鬥，毫無疑問是墮鬼族——或者說費奧多爾個人的拿手好戲。

他壓低身姿裝作要從被甲族的左腳邊滾過去；但其實相反，是要躍上被甲族的右肩跳過去……然而這也是假動作；他讓對方把注意力放在辨別左右上，真正目的是要直接從正面撞上去。雖然雙方體格有差距，但只要能攻其不備，應該還是能瓦解對方的架勢才對。

一陣衝擊。

肺裡的空氣伴隨著胃液和唾液一起吐了出來。

全身僵硬緊繃。

視野化為一片空白。

他不知道發生了什麼。只能在一無所知的情況下，接受這樣的結果。

「沒想到你竟然沒有發現自己的習慣啊。」

唯獨這個帶了點唏噓之意的耳語，他聽得一清二楚。

「雖然你平常都偏好攻其不備的方式，但真正的決勝手段總是採取正面直上的正攻法。只要看穿了這一點，你的假動作就派不上任何用場了。」

他終於發現，對方是從正面精準地貫穿了他心臟上方的部位。他呼吸停滯，血流紊亂，連意識也不聽使喚地逐漸淡去。

「你的夢想就到此為止了。」

對方再次動手，這次是朝頭部側邊落下一記重擊。

費奧多爾無從抵抗地當場失去了意識。

「我要阻撓你」
-standing back to back-

1. 如同機械裝置般堅強的女子

在森林裡，沿著小徑稍微走一陣子後，就會看到那間設施。

那是年代已久的木造建築。

房間數量相當多。第一次來的人可能會覺得這是公寓或宿舍之類的建築物吧……而這個第一印象與實際情況相去不遠。

「不好意思——我是來送信的——」

一名鳩翼族（Tourterelle）男子站在離踏進設施還有一點距離的地方揚聲喊道。

他穿著藏青色制服，戴著繡有筆與箭矢圖案的臂章。這些都是隸屬於連結懸浮大陸群各地的最大連絡網——郵政公社旗下郵差的證明。

「請問負責人在嗎——？」

「來了——請稍等一下——」

設施內傳出這聲回應後，過了一下子，便聽到啪噠啪噠的拖鞋逐漸接近。不久後，一名提著圍裙的高挑女性──而且是無徵種──出現在走廊的另一端。她看起來約莫二十出頭的年紀，一頭淺紅色長髮隨風飄揚著。

「抱歉讓你久等了。不過，其實你投進那邊的郵筒也沒關係喲。」

「不行的，這是蓋有**羽印**的書信。」

女子原本還面露溫婉微笑，但聽到這句話後，表情便僵了幾分。

郵差遞來的信封上，的確蓋有鳥羽形狀的印鑑，證明是護翼軍寄給外部組織的公文。

也就是說，那是必須確實送達的重要文件。

「可以請您蓋簽收章嗎？」

「啊，好的，等我找一下。」

女子在圍裙口袋摸索著找出印章，然後在郵差遞給她的文件上蓋章。她的印章刻著天秤與心臟的形狀，是奧爾蘭多商會的簡易會章。郵差瞇起眼睛確認過形狀後，說了句：

「感謝您的配合。」並微微頷首。

郵差只留下振翅的聲響，便飛往天空離開了。

女子用指尖粗魯地弄碎蠟封。

然後她將手指伸進信封，抽出裡面的紙條，接著便停了下來。她的眼神與其說是猶豫，不如說更像感到害怕，就這樣盯著紙條，無法再有更進一步的動作。

她深呼吸。

下定決心後，打開了紙條。

瀏覽上面的內容。

經過短暫的沉默後，女子的眼淚奪眶而出。她雙腿一軟，背靠在旁邊的牆上，低垂著頭，任由滾燙的淚水濡濕胸口。

「菈琪旭……原來如此，妳是第一個消耗掉自己的人啊……」

她喃喃唸出一名少女的名字。

「我這樣可不行啊，明明早知道會有這種事情發生，已經做好心理準備了。不過，似乎是因為太久沒發生了，所以還是有些難以承受。」

她繼續這麼說著，彷彿是在辯解，又像是在尋求他人的共鳴與贊同。

女子的身邊沒有任何人，因此她沒有得到任何回應。她無法安慰他人，也無法得到他人安慰，只能獨自一人佇立在這裡——

「喂——妮戈蘭——妳在哪裡啊——？」

她的肩膀抖了一下。

小小的腳步聲逐漸接近走廊。對方很快就會找到這裡。她連忙站好身體，用袖子擦了擦眼睛，然後深深地吸一口氣，強行讓呼吸鎮定下來。

「啊——找到妳了。」

千鈞一髮之際，她總算強裝出平靜的模樣。

「胡椒用完了啦，我出門買一下，很快就回來喔。」

對方看起來完全沒有注意到女子的苦楚（如果注意到當然很麻煩就是了），用粗魯的語氣這麼說著。然後這個十歲左右的小孩子——雖然講話像男生，但體態上勉強算是女孩子——就這樣從女子身旁穿過去，往外頭走去。

「……優蒂亞。」

「嗯？」

她喚了名字後，少女就背對著她應了一聲。

「那個……妳最近身體狀況還好嗎？會不會覺得虛脫無力？」

「喔，妳不用擔心啦，我身體好得很。」

少女用力做出擠壓二頭肌的動作。

「那我走啦。」

少女蹺起一隻腳，把鞋後跟拉好後，人就跑出去了。

那副模樣乍看之下毫無一絲陰霾。

但是，女子相當清楚。那名少女已經在作特別的夢了，對妖精來說，作這個夢便是宣告孩提時代結束。而且，黃金妖精的存在是來自徬徨於世的孩童靈魂，照理說，她們的身體在長大成人之前就會消失。那名少女恐怕只剩下不到半年的時間了。

若要多少延緩這種結局的來臨，必須前往專門的設施，經過一番特別的處理才行。然而，現在的護翼軍不會批准這件事。因為絕對的侵略者〈第六獸〉的威脅已經遠去，他們認為平時沒有必要維持成體妖精兵這樣的戰力。

「緹亞忒……可蓉……潘麗寶……」

她喃喃唸出情同姊妹的四人組其餘三人的名字。

她們想要證明成體妖精兵在對付〈第六獸〉以外的戰鬥也派得上用場。只要她們在對付〈第十一獸〉的戰場上捨棄性命，應該就能實現這樣的目的。她們不想放過護翼軍高層給予的這個機會。

那幾個少女這麼說著，往三十八號懸浮島前進。妮戈蘭直到最後都在阻攔，但她們不顧她的反對，就這樣搭上飛空艇走了。

如果一切按照計畫進行，她們幾人真的成功犧牲的話，優蒂亞……以及其他年幼妖精說不定都能得救。或許，那才是充滿最多希望的未來，但是……

「嗚……嗚……」

她不能讓孩子們看見自己哭泣的樣子，也不能讓她們聽見她的哭聲。因此，她將一切情感都藏在內心深處，並牢牢上鎖。

優蒂亞的背影逐漸遠去。

女子——負責管理這間設施的食人鬼(Troll)，用哭得不成樣的表情默默地目送她離開。

2. 緹亞忒

距離和三十九號懸浮島的〈第十一獸〉決戰的日子還有兩個多月。戰鬥的準備正一點一滴地慢慢著手進行中。

震破耳膜般的爆炸聲。

過沒多久，遠處的岩壁上出現一個大洞，掀起了大量飛塵，並引發爆炸氣浪以及轟然巨響。

「確認著彈，火力8之26之5！」

「確認，火力8之26之5！」

在才剛發射完砲彈的大型砲台旁邊不遠處，只見技官各自拔下耳塞後，互相喊著有點複雜的不明數字。

他們是在確認從各座懸浮島收集來的許多種火藥兵器的運作狀況。

近幾年來，懸浮大陸群大致上相當和平，護翼軍擁有的火砲幾乎沒有用武之地。雖說當然還是會進行定期維護，但由於即將投入久違的實戰，因此必須正式進行調整。

「嗚啊……果然很麻……」

一陣衝擊竄過全身，讓緹亞忒樂在其中似的雙眼打轉著。

明明已經隔了一段很充足的距離了，耳朵也有塞住，但光是受到遍及全身的巨響的衝擊，就讓人產生像是從高處摔到地面似的麻痺感。

過去在討伐〈第六獸〉的戰役中，和黃金妖精一起站在前線的爬蟲族戰士也是以這種大口徑的火砲為武器。儘管緹亞忒本身沒有踏上那次的戰役，但她也以成體妖精兵的身分參加過不少次試射演習。當時，那樣的轟然巨響聽在緹亞忒耳中，就像是祝賀她正式成為成年戰士的禮炮。

「還是得放在地上才能射擊啊……」

這是很理所當然的事情。

如果這句低喃被周遭哪個士兵聽到了，要麼是睜大眼睛，要麼就是笑她無知。發射火砲時，若不把砲台本身用支架固定在地面上，產生的反作用力則會讓砲台很不穩定。要想用肉體去支撐住的話，就常識而言，一般人是不可能做到的。

不過，如果有人擁有非同一般，超乎常識的肌力的話，當然就另當別論了。

「不知道灰岩皮先生現在正在做什麼……」

緹亞忒小聲唸出的名字，即是屬於非同一般，超乎常識的其中一員——目前人不在這裡的護翼軍第二師團的團長。

他如今置身在不同於她們的另一種麻煩戰場。沒有讓她們知道詳細狀況，或者說，就算跟她們解釋大概也聽不懂，但總之，他此刻也應該正在為全體護翼軍——包含妖精倉庫在內——的未來而奮鬥著。

又射出一發火砲。

「嗚！」

聽到這聲可靠的轟然巨響，讓她的眼睛打轉了起來。

不用說，就算聚集威力多高的火砲，也未必真能在這次的戰役中發揮作用。畢竟對手是會將觸及到的一切事物統統都同化的〈第十一獸〉。即使朝它發射手上所有的砲彈，也無法損其分毫——豈止如此，發射出去的砲彈全都會被轉化為黑色水晶，到最後只會讓〈獸〉本身更加壯大而已。

因此，這次的戰鬥目標設定為「避免三十八號與三十九號兩座懸浮島接觸」。

「打開妖精之門就能打倒〈第十一獸〉。雖然沒辦法把〈獸〉連同整座島都消滅掉，但只要把接觸到這座三十八號懸浮島的部分消滅掉的話，就達成目標了……」

已經化為〈獸〉本身的那座島，若是接觸到這座三十八號懸浮島，就會開始進行侵蝕……只要阻止這個事態發生，就能暫且擺脫眼前的威脅。

三十九號懸浮島今後也會繼續存在於這片天空，可能有朝一日又會威脅到另一座懸浮島，但到時候再另擬對策就好了。對於現在還活著的人來說，當前最重要的，就是努力活過今天和明天。

「……如果我一個人開門就能達到目標，應該是最好的結果吧？可蓉和潘麗寶可以平安無事地回去，菈琪旭也一定不會有事，而軍方高層也會知道妖精兵有使用價值……」

她還抱著這種自私的想法。

當然，她也猜那種事情是絕對不可能的。

緹亞忒本身的資質，比較適合催發小規模的魔力靈巧地加以運用——反過來說，就是不適合催發大量魔力大顯神威，這一點她自己相當清楚。就算她催發超出極限的力量，所能發揮的威力當然無法和菈琪旭比，而和可蓉她們也相差甚遠。

以換取勝利的代價而言，緹亞忒一人的命實在太便宜了。

「既然使用魔力的攻擊才有效，就表示拿遺跡兵器普通地揮砍的話，遺跡兵器可能會壞掉……而且要是因此連伊格納雷歐都被吞噬的話，那就真的完蛋了……」

「我說妳啊！」

有人拍打了她的頭。

「看妳的表情，又在想什麼蠢事情了吧。」

可蓉不知何時站到了她旁邊，還一臉生氣的模樣。

雖然只過了一天，但可蓉看起來已經恢復了不少精神。就算只是強裝出來的精神，但遠比一直黯然消沉好多了。

「……才不蠢，是正經又正面的事。我在想我們拿劍去砍的話，說不定會有效果。」

「嗯？會有效果嗎？」

「不知道。不過，之前都沒有用已經導入魔力的遺跡兵器去攻擊〈第十一獸〉對吧？雖然有風險，但要是真的行得通的話，妳們就算不開門也能戰鬥了。我覺得這個方法值得我嘗試看看。」

「嗯？唔……」

可蓉思考了一下，然後說：

「妳剛才是不是若無其事地說要自己去試啊？」

「哦，這是因為依照世間常態，提出想法的人要自己先去做嘛，而且從丟了最不可惜的東西開始利用，才是有效安排資源的基礎啊。」

「妳這笨蛋！」

可蓉倏然伸出手，緹亞忒還沒來得及反應，就感覺指尖觸碰到自己的肩膀，緊接著下一刻，天地不知為何整個倒轉過來了。她的肩膀在地，屁股朝天，姿勢上下顛倒，手腳被壓制成複雜的形狀，整個人動彈不得。

不知名的白色鳥兒飛過了湛藍的天空。

「啊痛痛痛痛！可蓉這樣真的很痛耶！」

「這是我為了征服世界而想出的新招數！」

「我不知道妳是指哪邊的世界啦，但制伏我是不會讓妳往任何地方的頂點更靠近一步的！」

火砲的爆炸聲再度響徹四方。

巨響彷彿對全身上下造成一記重擊，可蓉「嗚哇」地尖叫出聲——緹亞忒則趁隙設法逃出她的束縛。

兩個人就這樣雙眼打轉著，四肢攤開地躺在草地上。

「真不得了啊！」

逐漸失去作用的耳膜勉勉強強接收到可蓉的說話聲。

「嗯，我懂，確實很不得了……」

「這是浪漫的聲音！」

「不是吧，這我就有一點不懂了……」

緹亞忒覺得這段對話很無厘頭。

她們兩人暫時就這樣望著天空。

火砲的聲音停下來了，可能是遇到了什麼問題。

「可以聽我說一下嗎？」

可蓉緩緩地開口說道。

「什麼事？」

「昨天菈琪旭醒來時，她一直看著我，對我露出一種很……不知道該說是憤怒還是厭惡，總之就是那樣的眼神。明明潘麗寶也在場，她卻幾乎沒在看潘麗寶。」

「咦……」

「她還試圖要攻擊我。」

緹亞忒啞然無語。

「我在想，當時的菈琪旭大概是想起了某個跟我很像的人吧。她恨那個人恨到想殺了對方，停止不了這樣的念頭……現在的菈琪旭一看到我，一定會不斷地反覆想起相同的恨意，所以……」

可蓉的聲音聽起來似乎隨時都會哭出來。

「就算費奧多爾把菈琪旭帶回來了，我覺得自己以後應該也見不了她了。」

「……這樣啊。」

她伸出手，握住可蓉的小手。

好溫暖。她這麼想著。

「妳有把這件事告訴潘麗寶嗎？」

「嗯，昨天談過了。」

「費奧多爾呢？」

「還沒有。」

「那我覺得，妳今晚去找他談談比較好。反正依那傢伙的個性，不管怎麼樣都會找到一個最寵可蓉和菈琪旭的方法的。」

「……也對。」

可蓉笑了。

「既然緹亞忒都這麼說了，那就一定是這樣。」

唔。總覺得這種信賴無法讓人開懷接受，但為了讓可蓉打起精神來，她似乎不該出言糾正，然而又好像不能就這樣放任不管。

「喂──！緹亞忒，可蓉，原來妳們在那裡啊。」

潘麗寶的聲音從遠方傳來。

「……怎麼了？」

她們慢吞吞地抬起上半身。

然後保持這個姿勢迎接奔跑過來的潘麗寶。

「看妳們的樣子，應該還沒聽到消息吧？」

「潘麗寶？」

潘麗寶氣喘吁吁的，這副模樣實在很少見。
總是浮現在這個女孩子臉上的淺淺微笑，如今也不知所蹤。
「怎麼了？出什麼事了嗎？」
「莉艾兒又做了什麼嗎？」
緹亞忒和可蓉同時這麼問道。
潘麗寶一邊調整呼吸，一邊搖了搖頭。
「妳們兩個都冷靜地聽我說。」
潘麗寶伸出手，緊緊抓住兩人的肩膀後，把消息告訴她們。
「就在剛才，費奧多爾・傑斯曼四等武官被控犯下叛亂罪，遭到逮捕了。」

3．遭囚的叛徒

他站在一個陌生的地方。

眼前有一個陌生的背影。

那是穿著軍服，身材修長的男子背影。留著短短的黑髮，身上沒有象徵種族的明顯特徵，肩膀微微下垂，看起來相當疲憊。

『我想要讓那些人得到幸福。』

男人自言自語。

『想要告訴那些人，大家都是可以獲得幸福的。』

似乎在哪裡聽過這樣的煩惱。

原來到處都有人抱著跟他相同的想法，讓他更增幾分信心。

此外他也覺得這個想法有點糊塗。雖然他不知道男人口中的「那些人」是指哪裡的人，但既然有人對他們表達了如此強烈的心意，光是這樣，就已經稱得上是一種幸福了。

†

令身體發顫的寒意讓他醒了過來。

他沒能立刻領會到自己身在何處，便環視了周遭。

這是一間狹窄的房間，有銅片外露的牆壁、地板和天花板，簡直單調到了極點。牆邊的地板上有一個看似如廁用的洞穴。他的視線移往正下方，可以看見地上鋪有受潮變硬的薄墊。而將這一切映照出來的，則是嵌在牆上的紫色電燈。

這裡是單人牢房吧。他做出這個結論。

雖然他之前從未來過，但當然還是知道這裡也設有這樣的場所，專門用來羈押不能關進公共牢房的受刑人，尤其是思想犯之類的，算是監獄界的私人房間。

而他之所以人在這裡，是出於什麼原因呢？

「啊……說起來，好像是這麼一回事。」

腦子終於記起許許多多的事情。

他潛入醃漬桶，看到了應該是裝著「大賢者的遺產」的木箱裡的東西。

然後遭一等武官當場逮個正著。

他企圖脫逃未果，結果被打暈過去。

由這些記憶引導出的結論是，費奧多爾．傑斯曼徹底搞砸了一項絕不能失敗的計畫。

他不知道自己這種情況具體來說適用於什麼樣的罪名，但是，他能肯定不會被輕判。最起碼今後是不可能再給他第二次做這種事的機會了。

心裡好像裂開了一個洞。

「哈哈……哈……」

淚水奪眶而出。

他無法停止嘲笑自己。

失敗的事實確實對費奧多爾造成極大衝擊。然而另外一件事給予他更強烈的打擊。

他認為自己投注了性命在這項計畫上。當失敗時，他猜自己整個人大概都會燃燒殆盡。可能會痛苦得滿地打滾，直到衰弱瀕死，或是腦袋呈現一片空白，短時間內無法進行任何思考。像這種程度的傷害，他早就做好承受的心理準備了。

但是——此刻充斥在他胸懷的，並不是失意，也不是絕望。

而是解脫感。

「真是不像話啊……」

只要想一下，就能輕易地得到解答。

意思即是，費奧多爾．傑斯曼是一個大騙子。

這五年來，他都在欺騙自己。口口聲聲說這是為了未來，這是為了大義，拚命執著於這種豪情壯語，對自己的真心視而不見。

他有一個最喜歡的姊夫。

姊夫實力堅強，聰明絕頂，最重要的是剛正不阿，令他引以為豪。

他想要成為像姊夫那樣的人物，也下定決心絕不犯下和姊夫一樣的過錯。心懷著大義，夢想著未來，為此而行動，為此而戰鬥，為此而欺騙。耗費心力與時間……

——結果，在遠遠不及大哥的情況下，就被關進這間牢房，一無所剩。

「……嗯？」

當他半抱著自暴自棄的心情空轉著思緒時，模模糊糊地察覺到一件事。

有個窸窸窣窣的聲響逐漸接近，聽起來像是有人正躡手躡腳地走過來。

應該不是來巡視的看守吧。如果是那樣的身分，在這裡也不需要特地把氣息隱藏起來。那麼會是誰呢？就算沒有到醃漬桶那種程度，但單人牢房周邊還是配有一定程度的警戒措施。能夠掩人耳目地偷偷溜進這個地方的傢伙……

該不會是刺客吧？

他能想到的可能性就是這個了。佶格魯那邊怕他不慎供出自己的名字，所以派刺客來封口。嗯，這種事確實很有可能會發生。

畢竟他可是豚頭族商人。

和那些為了做生意而利用姊夫，無利可圖後就拋棄殺掉的傢伙是同類。

事到如今，他也完全恨不了佶格魯。因為決定和佶格魯聯手的，選擇不建立信賴關係的，都正是他自己。他當然早已做好承受後果的心理準備了。

——雖然他並不是想一死了之……不過，或許真的有點累了。

在他模模糊糊地思考這種事情時，腳步聲也依然在接近。對方走到了這間單人牢房前面，並停下了腳步。

「費奧多爾，你在嗎？」

對方小小聲地喚了他的名字。

是女性的聲音。

他瞪大眼，瞬間跳起身趴在門上。

「菈琪旭小姐？」

監視用的小窗實在太小了，他看不清楚門的另一邊是什麼情況。

「噓，小聲一點！」

「小聲個頭！妳現在的身分可是逃兵，要是被發現可就麻煩了！」

「別擔心，我已經簡單地變裝過了。不會那麼容易就受到懷疑的啦。」

「也不是啊！說到底，妳幹麼跑到這種地方來啊！」

「你這什麼問題啊？我聽說你被逮捕了，當然不可能坐視不管啊。」

他目瞪口呆。

「有必要感到傻眼嗎？如果立場互換的話，你應該也會做出同樣的事情吧。」

「這個……呃，不能混為一談啦。妳是女孩子，又是妖精，比我這種人更有受到珍惜的權利與義務！」

「我很高興你把我當公主般對待，但也請你斟酌一下時機和地點。」

伴隨著叮的一聲輕響，門鎖被割斷了。

門打開後，出現在門的另一側的，當然是菈琪旭的身影。

他還在想所謂的變裝到底變成什麼模樣，但沒想到是採取正攻法。她配合這個地方穿上簡式軍服，並戴著一頂長長的紅色假髮。光是如此就大為改變了她的外表形象。這樣一來，只要別靠得太近，應該就不用擔心會有人認出她是菈琪旭．尼克思．瑟尼歐里斯。

「……妳怎麼到這裡來的？妳應該沒有辦法得知我的所在地和進來的方法才對啊。」

「還要繼續問？我真是傻眼了。」

菈琪旭的眼神冷了幾分，但還是答道：

「關於地點的話，這有點難解釋，大概只能說不知為何就是知道吧，總覺得要往這邊走，還有多少距離這樣。」

「意思是直覺嗎？」

「可能。雖然我也覺得有點詭異，但幸好我有乖乖跟著走，畢竟我真的找到你啦。」

她一臉開心地笑了。

本來的話，這是相當令人難以置信的事情。以常識的角度來看，應該要一笑置之吧。但費奧多爾記得類似的現象。那天，在下著雨的城市裡，他不知為何也是輕鬆地就找到了逃掉的菈琪旭。

他心想說不定兩者有關聯，正打算詢問更詳細的情況時……

「……唔！」

他發現又有某個人正躡手躡腳地朝這裡接近。

心中警鈴大作，他直覺要躲起來。要衝進背後的房間嗎？不，現在已經來不及了。那麼該怎麼辦？

在腦筋做出判斷之前，他的身體就搶先行動了。他強行將菈琪旭拉進懷裡，將她的臉用力壓在自己的胸膛上。似乎聽到她發出「嗚咿」的抗議聲，但他充耳不聞，就這樣緊貼在牆邊，抑制住氣息。

等對方靠近後，再出奇不意地打量對方。雖然以姿勢而言，要做到這件事相當勉強，可若是不硬上的話，暫且不管他自己，菈琪旭的處境會很危險。他下定決心後，握緊了右手的拳頭，而就在這時候……

「喂喂喂，你們兩位，要卿卿我我是無所謂啦，但好歹考慮一下時間地點吧。」

響起了這道嗓音。

「……納克斯？」

聽到知己的聲音，他緊張的情緒都緩解了。

只是懷中還傳來「嗚咿、嗚咿」這個似乎很難受的聲音。

離開牢房，仰望天空。

該說是不出所料嗎？太陽已經西沉了。

明月在空中閃耀著皎潔的光芒。

為了避開那光芒，一行人便穿梭在建築物的陰影中走著。

進入森林後，終於可以喘一口氣了。

這個地方是為了防止操練場的噪音傳到兵舍，因而特地種植繁茂的草木以達到隔音的目的，視野也難以穿透過去，所以不用擔心會有其他人闖進來。

「進入這裡的方法是他告訴我的。」

可能是剛才留下格外難受的回憶，菈琪旭看似心情很差地這麼說道。雖然費奧多爾在放開她之後立刻就道了歉，但不知道她聽進去多少。

「像是避開巡邏的時間，以及隱密的路徑等等。還有這身制服也是他幫我準備的。」

「畢竟我只是個負責追查消息的，在現場行動不屬於業務範圍內。」

納克斯撇過頭，碎碎唸似的說道。

「嘴上這麼說，結果你還是來救我了嘛。老實說，我真的很意外。」

「我又不是想救你才來的，是有人委託我，我也沒辦法啊。」

「委託？」

費奧多爾看了看菈琪旭的臉龐，然後將視線轉回納克斯臉上。

「誰啊？」

「專業人士哪會輕易地把委託人的身分說出來啊？」

「是這個人把費奧多爾被逮捕的事情告訴佶格魯先生的。我當時就拜託佶格魯先生，說我想要救你出來，請他幫幫忙。然後佶格魯先生就僱用這個人為我帶路了。」

「哈囉，菈琪旭？妳有聽到我剛才說的話嗎？」

「我又不是你口中的專業人士，有什麼關係？」

實在是很過分的歪理啊。納克斯低聲哀嘆。

「……佶格魯要救我？」

「是啊，但不止那位老闆就是了。」

納克斯用指尖搔了搔臉頰，一邊說：

「豚頭族每個人的性命都無足輕重，也導致他們的同伴意識非常強烈，為了同伴而挺身涉險算是滿家常便飯的事情。」

「既然如此，我連豚頭族的一員都不是，又是個累贅，照理說應該要果斷捨棄我才對吧？我一個被開除軍籍的人，對那傢伙來說完全沒有任何用處。」

「哎呀，你這樣一說，未免也太小看老闆的義氣了吧。一旦決定成為同伴後，不管發生什麼事都不會捨棄你，那隻大豬是真的會做到這一點的。」

他呼吸一窒。

「好了，我就帶你們走到這裡，接下來要靠你們自己走了。」

納克斯停下腳步。

「現在我人應該要在女人的房間裡，為了統一口徑，我得盡快回去才行。你們只要想辦法抵達佶格魯的商店，後續的事情他都會盡力安排好的。」

他就這樣背對著他們。

這該不會是最後一次的道別吧？費奧多爾的腦中劃過這個想法。畢竟他現在八成已經被開除軍籍了，以後大概也無法像之前一樣委託納克斯調查情報了吧。

「納克斯。」

「怎麼了？」

納克斯頭也不回地問道。

「謝謝你至今為止的各種協助，我對你很感激。」

「……謝個頭。我只是做好自己的工作罷了。」

「就算這樣也要謝謝你。」

納克斯輕輕地哼了一聲，就這樣走掉了。

扣掉現在這種狀況不適合離情依依地道別的因素，依他討厭說感性話的個性，這反應實在很符合他的作風。費奧多爾忍不住微微勾起一抹笑容。

「男人之間互有靈犀的感覺，真令人不舒服。」

雖然不知道菈琪旭為什麼心情變得很差，但就別去在意了吧。

「不過算了，我們也快走吧。他們應該很快就會察覺到你逃獄的事情了。」

說完，菈琪旭邁步前進——但立刻就停住了。

「費奧多爾？」

她轉過頭，只見費奧多爾一步也沒踏出去。

「你怎麼了？」

「——不，沒什麼。」

這是什麼狀況？

面無表情的背後，藏著一湧而上的困惑。

費奧多爾．傑斯曼早已露出本性，也已經證實他反正什麼也做不到，什麼也不該做了。然而，誰也沒有察覺到這件事。因此事到如今，還是有人想與他並肩同行。

如今他對自己失望至極，光是有人對他抱予某種期待，就讓他感到萬分難受。

無法抑制心中產生痛苦的罪惡感。

「妳先走吧。我在走之前，還有事情想做。」

「我說你啊！」

菈琪旭揚聲想責備他，但他抬起手掌制止了她。

「我一個人比較方便行動。別擔心，我很快就會追上妳的。」

4. 憧憬的學姊

吃完飯。

在操練場揮灑汗水。

洗完澡。

太陽早已西沉。由於想看一下星星，於是約菈琪……於是獨自一人跑到外頭，尋找可以清楚看見天空的地方。然而找不到什麼好地點，就爬上路邊一棵很高的樹，橫臥在樹梢上。雖然很久沒有爬樹了，但身體還是相當靈活。

——做了這麼多事後，緹亞忒的腦袋才終於跟上狀況了。

她總算是理解了費奧多爾遭控犯下叛亂罪而被逮捕的消息。

「這是怎樣？」

她老大不爽地朝天空問道。

「這是怎樣？這是怎樣？這是怎樣？」

莫名其妙。

談過各式各樣的事情，一點一滴地得知彼此的想法，正當她覺得終於有點了解那傢伙時，就爆出了這件事。在她腦中模模糊糊地逐漸成形的費奧多爾的形象，感覺好像長出了獠牙、鱗片和翅膀，飛往天空的另一端了。而被留下的她，只能目瞪口呆地望著天空。

「這是怎樣？這是怎樣？這是怎樣？這是怎樣！」

她將手邊的葉子撕碎扔掉，然後又撕裂扔掉。儘管這麼做無法讓心情暢快起來，但不做些什麼的話，她實在靜不下心。

「到底是怎樣啊，真是的！」

緹亞忒任憑衝動地將一根有自己手腕那麼粗的樹枝捏碎。隨著發出響亮的聲響，樹枝墜落到了地上。

†

在盡情發洩過後，她稍微冷靜下來了。

她一邊在內心對遭殃的樹葉和樹枝道歉，一邊從樹上跳了下去。

（……好像說被關在單人牢房裡的樣子。）

緹亞忒用手指抵著額頭，回想護翼軍的軍規。雖然她不清楚詳細狀況，但看樣子恐怕是不會輕易允許會見的吧。最起碼必須等上幾天，才有辦法當面問清那傢伙許多問題。

哎，真是氣死人了。

一生氣就覺得口渴。

她開始思考今後的計畫。儘管內心的紛亂已經止息了，但並沒有消失，她置身的狀況也沒有改變。〈第十一獸〉依然在天上，笨蛋費奧多爾又被關在監牢裡，而必須由尉官來管理的她們幾人，現在的立場是處於懸而未決的狀態。但是，無論哪一件都不是能立刻得到解決的事情。至於說到現在能立刻做到的事情，也少到令人覺得悲傷。嗯，在附近找個地方喝點東西吧。

換作是其他士兵的話，肯定會毫不猶豫地跑去喝酒。即使這時間餐廳已經關門了，但還可以去小賣部。雖然那地方基本上沒什麼東西，食品架上只有發霉的口糧和硬得跟石板一樣的肉乾而已，但隔壁架上的廉價劣等酒是唯一讓許多士兵評為「還算能喝」的東西。

話雖如此，緹亞忒並不喝酒。這是因為，自從她小時候出於興趣跑到廚房猛灌一口白蘭地之後，從此就在喝酒這方面嚴正地約束著自己。

（……光是回想起來，就覺得又要頭痛了……）

果然還是去餐廳吧。她把回憶甩出腦袋後，做出這個決定。就算不供餐了，只要跟阿姨拜託一下的話，應該還是能要到水來喝的。

她來到餐廳後，正要朝裡面喊一聲「阿姨～」時——

「所以說，箱子裡的東西沒事吧？」

是她熟悉的嗓音。

她才剛要從嘴巴喊出「阿」字，身體就僵住了。

「是啊，閃亮到裝飾一下就可以抬出去舉行祭典了。」

「那還真是……嗯，沒事就好。」

她戰戰兢兢地探頭偷看一下，並沒有看到阿姨的身影。

靜悄悄而昏暗的餐廳正中央，一張十人桌相當奢侈地只給兩個人使用。那兩個她認識的人似乎正在談某種嚴肅的話題。

「有必要的話，妳不妨親自去確認。現在也能批准妳出入。」

「嗯……不用了。現在看到那張臉的話，我可能會撲上去大哭。」

（是艾瑟雅學姊，還有總團長一等武官？）

即使沒有什麼特別的理由，她還是下意識地躲了起來。

他們似乎正好談完事情了，只見一等武官溫和地點點頭說：「這樣啊。」然後站起身，就這樣筆直地往她這邊走了過來。

「啊。」

「唔？」

眼神對上了。

「不是的，呃那個，我並不是在偷窺。」

「真是的，他的愛女個個都是令人頭疼的野丫頭啊。」

一等武官輕輕拍了拍緹亞忒的肩膀，接著便離去了。

餐廳的水不是一般的井水。打好水的甕裡會放入防蟲的藥草浸泡，也讓水增添一股不錯的清爽餘味。雖然不能對餐廳的餐點味道抱有期待，但說到水的話，緹亞忒認為這股風味好到無可挑剔。

她將杯子裡的水一口氣猛灌到底。

「看妳的表情，有很多煩心事吧。」

「……是的。」

她自己也知道。

「總覺得，愈來愈搞不懂各方面的事情了。」

得知費奧多爾做出蠢事之後，她開始覺得很多事情都搞不懂了。因為她知道那傢伙之所以打算背叛軍隊的理由，也就是跟艾爾畢斯這個無可饒恕的罪惡有關。並且，他一定也是為了她們這些人的未來而做的。

她還覺得，即便那傢伙是多麼愛說謊的的壞人，唯有這一點是無庸置疑的事實。

「該怎麼說呢，我完全不知道自己該做些什麼才好。」

「唔嗯。」

艾瑟雅露出若有所思的表情，然後說：

「妳變了呢，緹亞忒。」

「哪裡變了？」

「妳不再說『換作是珂朵莉學姊的話，一定……』這種話了。」

……啊，說來也是。

在不久前，這確實是類似口頭禪的一句話。

「我還是有想這麼說的心情啦。換作是珂朵莉學姊在這裡，一定不會感到迷惘，而是帥氣地把一切事情都解決掉……」

「換作是珂朵莉的話，一定會跟現在的妳一樣不知所措的。」

「……咦？」

艾瑟雅．麥傑．瓦爾卡里斯略顯落寞地笑著。

她在五年前，是緹亞忒口中的珂朵莉學姊——珂朵莉．諾塔．瑟尼歐里斯的摯友。

「妳和她在這方面真的一模一樣呢。」

「哪有哪有哪有！」

緹亞忒覺得再怎麼說也不可能有這種事。

「雖然您這麼說讓我很高興，但可能太抬舉我了，或者應該說，跟我這種人相提並論的話，實在對學姊非常不好意思……」

「她啊！」

艾瑟雅突然揚高聲音，讓緹亞忒把說到一半的話語吞了回去。

「……她啊，是個很普通的女孩子，只是比別人多了一點責任感，稍微認真了一點，而且虛榮心非常強。」

緹亞忒這次連話都說不太出來了。

「這是什麼意思……」

「這個嘛，我乾脆就告訴妳吧。」

艾瑟雅開始述說道：

「珂朵莉她啊，雖然當然具有戰鬥方面的才能，但除此之外就一無是處了。既愛哭又軟弱，老是差點被只有自己才能承擔的重擔給壓垮……還有啊，她也曾因為對初次的戀情感到不知所措而啪噠啪噠地來回跑呢。」

緹亞忒愣愣地張圓了嘴。

「但因為有小孩子憧憬著她的背影，所以她總是鼓足自信，拚命地逞強著。她不能讓妳們看到自己出糗的模樣，所以真的是竭盡全力抬頭挺胸地過著生活。」

「……騙人。」

「妳知道阿爾蜜塔她們最『憧憬的學姊』是誰嗎？」

怎麼突然就拋出這種問題。緹亞忒這麼想著。

阿爾蜜塔她們——妖精倉庫的學妹所憧憬的對象，當然想都不用想。

一定是比任何人都強，比任何人都優秀，並且被最強最厲害的遺跡兵器選上的——

「不是菈琪旭喔。」

她極其肯定的答案被率先否決了。

「那樣的學姊應該要最努力、最帥氣、最讓她們覺得『自己以後也要成為那樣的人』。雖然菈琪旭似乎差不多符合了條件，但排不上第一。」

緹亞忒僅微微動了動嘴唇。她發不出聲音。

「……妳真的和珂朵莉太像了。明明自顧不暇了，卻老是在顧慮身邊的事情，而且都是一旦心意已決就不聽別人話的麻煩個性，還同樣迷上了那種彷彿各種難纏問題化身而成的男人。」

等一下。到這裡真的該停一下。雖然她想說的事情很多，多到完全說不出話，但最後一點她實在難以認同。

「妳不需要再抱著『換作是珂朵莉就會怎樣』的這種思維了。她確實很優秀，但現在的妳也已經夠優秀了，不會輸給她。」

「……唔。」

想成為像學姊那樣的人，卻成為不了，因而死心。

她在那之後迷茫不已，也露出各種醜態，直到現在仍無法調適內心的這股遺憾，幾乎都要搞不懂自己了。事到如今，卻又聽到了這番話。

說她已經夠優秀了，但這麼優秀的緹亞忒・席巴・伊格納雷歐，連現在這種情況該如何是好都不知道。

——隨妳摸索就好。我想，活著本來就是這麼回事啊。

唉，真是的。為什麼這種時候會想起那傢伙說過的話呢？

她握緊了拳頭。

沒辦法變得像珂朵莉學姊一樣的她，今後該何去何從？

自己仍舊感到迷惘。

處在搖擺不定的立場。

能夠做出選擇和決定。

……當時是費奧多爾阻撓她赴死，所以她現在才會還活著。

「那……那個，艾瑟雅學姊請聽我說，其實——」

緹亞忒找到了很多想說的事情。她隔著桌子探出身體，鼓足勁正要把話說出口的那一刻，便傳來一道尖銳的鐘聲鑽進耳中。

「——咦？」

出奇不意的巨大音量，把她的腦袋震得嗡嗡作響。

「聯絡鐘？」

艾瑟雅納悶地喃喃說道。

從餐廳外頭傳來不間斷的鐘聲，形成為整座基地傳遞消息的節奏。反覆的四拍與二拍，這就表示……

「基地內出現危險分子，必須提防可疑人物……？」

緹亞忒抱住了頭。

不會錯的，就是那傢伙。最起碼一定跟那傢伙有關。

「哎，受不了，那傢伙真的真的真的很討厭！」

喀噠一聲，她猛然推開椅子站起身。

「妳不是有話要說嗎？」

「對不起，之後再跟您說！我突然有急事！」

艾瑟雅對她露出那種壞心眼的賊笑。

「是不是沒辦法放任不管啊？」

「雖然意思上有許多需要修正的地方，但大致上沒錯就是了！」

說完，她便飛奔出去了。

5. 擋路者

身為該危險分子兼可疑人物的費奧多爾·傑斯曼本人，當然也有聽到聯絡鐘的聲音。

「比預估的還快就發現了啊。」

他原以為還能爭取到數十分鐘左右的時間，真該佩服不愧是護翼軍嗎？看樣子他得加緊腳步才行了。

這裡是費奧多爾·傑斯曼四等武官……**前**四等武官的個人房間。

搜查隊似乎已經來過了，並沒有看到看守的人員。

到處都是翻箱倒櫃的痕跡。他長年來努力收集到的護翼軍內部資料幾乎都被發現並帶走了。地板磁磚下面有一塊空間，是用來藏前幾天拿到手的「小瓶」，如今理所當然也是空空如也的模樣。

不過，除此之外的東西大多都保留了下來。

他脫掉髒兮兮的軍服，從衣櫃裡拿出便衣換上。

扣好腰包後，他在周遭散落一地的雜物裡隨手翻了翻，發現一條附秤陀的繩索，便掉入有點懷念的回憶中。

接著他從抽屜裡拿出備用眼鏡，戴上去後……稍微想了一下，又放進胸前的口袋裡。

「……快走吧。」

他換上專為隱密行動設計的厚底鞋，再次將行李——在來這個房間前，從機密倉庫裡借來的東西揹回背上。沉甸甸的。

然後，他抑制氣息避免被人發現，準備離開房間……

「費多爾？」

他心中陡然一驚。

往下一看，在比腰部更低的位置，有個藍髮小孩正抬著頭，用茫然的表情看著他。

「莉……艾兒……」

「費多爾，你要去別的地方嗎？」

儘管莉艾兒不懂聯絡鐘的意思，但應該還是有察覺到緊張的氛圍吧。她不安地閃動著眼眸這麼問道。

「嗯。」他忍著苦澀答道。「是啊。」

「我不要！」

她緊抱住他的腿。

「我不要你去別的地方！我不要你又不見！」

「別講些任性的話。好啦，時間很晚了，回房去睡吧。」

「我不要！」

她小小的手抓得更緊了。他可以感覺到她身上傳來不安的顫抖。

他很想緊抱住她，想說些溫柔的話語來安撫她，但是，現在的他沒有那種資格。

因此，他只抓住莉艾兒的肩膀，硬是將她扯開。

「……以後都要好好地保重啊。」

「費多爾！」她半帶想哭的表情。「你什麼時候回來？」

他沒有回答，轉過身背對她。

「費多爾！」

他裝作沒聽到她喚自己名字的聲音。

「費多爾，費多爾，費多爾，費多爾！」

一次又一次，莉艾兒毫不氣餒地喊著費奧多爾的名字。彷彿在她的認知中，這就是把費奧多爾栓在這裡的鎖鍊。

然而他不能屈服，他非得離開這裡。他用盡全身的力量讓腳離地，但就在這時——

「……爸爸！」

猝不及防的這兩個字，讓他的腳也動不了了。

「妳……」

費奧多爾知道妖精這種生物是多麼地重視家人。她們無父無母，是自然出現的生命，也許正因如此，她們的關係比真正的姊妹還要親密，比真正的家人還要投注更多的愛。

而若是妖精孩童稱呼他人為父親，費奧多爾很清楚這其中的含義。

他早就察覺到這兩個字藏著多深的愛。

真是的，到底是誰教這孩子學會這個詞的。

「我——」

他用意志撐住差點癱軟下來的膝蓋，然後飛也似的逃了出去。

「爸爸！」

莉艾兒這麼喊著。喊著他不能接受的這個詞。

他拚盡全力地逃了。

†

逃跑這件事本身並沒有多困難。

就算布下嚴密一點的警戒網，這裡對費奧多爾而言也等同於自家院子。不管是警備的漏洞還是逃離的方法，要多少都找得到。

阻礙出現時已經是很後面的事情了。在費奧多爾一邊繞過大街一邊前往萊耶爾市內的路上，就遇到了正等著他的阻礙。

那個阻礙是一名少女，手上還拿著和自己差不多高的大劍。

「為什麼妳會在這裡？」

費奧多爾一路藏身前進，而且還揹著沉重的行李，讓他多少有點累了。他帶著略微紊亂的氣息這麼問道。

「因為我得知很多關於你的事情。」

緹亞忒答道。

「那這副行頭是？」

緹亞忒的裝備不是只有一把遺跡兵器。四塊誇張的粗製金屬鎧部件包覆住她的雙手雙腳。鎧甲閃耀著淡淡的白銀亮光，不管怎麼看都應該是體型大她一圈以上的人在穿的。

至少不會是和〈獸〉戰鬥時能派上用場的東西。實在不覺得那是適合給黃金妖精用來和〈獸〉戰鬥的裝備。

「用來對付你的。」

緹亞忒輕描淡寫地說道。

「在之前和你的戰鬥中，我就察覺到一件事。以人為對手時，黃金妖精最大的弱點在於體型不如人，體重不如人。唯有這兩點和腕力以及攻擊範圍不同，是沒辦法用魔力或武器來彌補不足的。所以，我就嘗試使用這個方法來補足重量。」

「就為了對付我一個人？」

「對，就為了對付你一個人。」

那還真是令人感到榮幸。

「我姑且問一句，緹亞忒，妳能不能讓我過去呢？」

他一邊問，一邊往前邁進。

與緹亞忒之間的距離逐漸縮短。

「不要。」

「妳有聽到聯絡鐘吧？我以上司的身分下令，緹亞忒‧席巴‧伊格納雷歐上等相當兵，回去基地內執行安全警戒。」

「我也不要。」

緹亞忒舉劍以待。

劍尖直指著費奧多爾。

如同某一天的夜晚也是如此。

「我得知很多關於你的事情，也明白了很多。其實，你和我是同一類人。」

費奧多爾不懂她的意思。

「你是拿姊夫當作戲劇性自殺的藉口。」

——哦，什麼啊，原來是指這件事啊。

應該是一等武官告訴她的吧。真是的，竟然把這種事情告訴了這種傢伙。

「我不否認啊。」

費奧多爾聳了聳肩。

「說來滿丟臉的，我也才剛察覺到這件事而已。嘗過一次失敗後終於了解自己了。」

費奧多爾．傑斯曼並不是想改變懸浮大陸群，也不是想將其毀滅。只是想賭上自己的性命，去挑戰改變或毀滅這種遠大的目標罷了。

「那麼，你現在已經放棄一切了嗎？」

「這個嘛，我又沒辦法做到像姊夫那樣，更別說做得比他好了，要異想天開似乎也該適可而止。我已經放棄一半左右了——可是……」

費奧多爾將手放在背上行李的**把柄**上。

在快被重量壓得往前摔倒的同時，他把包在外面的布拆掉。

「剩下的另一半，我大概還沒有辦法捨棄。」

那是一把大劍。

劍的形狀是透過不可思議的力量將好幾十塊金屬片拼湊而成的，是古代種族「人族」的遺產。他們絕對不屬於強悍的生物，而為了抵禦遠比他們強上許多的外敵，便打造出這把奇蹟的結晶。

遺跡兵器，瑟尼歐里斯。

如此巨大的金屬塊理所當然很重，重到令人想吐槽這是在開什麼玩笑。他好不容易才將這把劍舉了起來。

「我勸你還是放下吧。」

緹亞忒沒有一絲驚訝的表情，只是淡淡地說道。

「遺跡兵器是人族為了人族而製造的武器，當然也僅限於人族使用。據說差別迥異的種族光是碰觸就有可能被燒傷。」

「……那真該感謝生下我的鬼族父母啊，目前看來，我的手並沒有事。」

在額頭流汗的情況下，他硬是逞強著。

實際上，他的手掌心正不斷傳來針扎般的刺痛。這是遺跡兵器對非人類的持有者產生的排斥反應。雖然現在還不到致命的程度，但實在很令人煩躁。

「就算如此，你也絕對無法發揮出瑟尼歐里斯的力量。那把劍只會把力量借給真正擁有特別經歷的持有者。」

「似乎是這樣沒錯。不過，只要能當作鐵塊來使用，也總比徒手強多了。」

費奧多爾並不認為自己有了不起到會被什麼東西選中的地步。只有被選中的人才能發揮的力量之類的，那種充滿光彩的事情不會發生在他的人生當中。

然而，就算他不會被任何人事物選上，僅僅是一個微不足道的存在，但還是會有無論如何都不能讓步的東西。

「你好倔強啊，費奧多爾。」

她露出溫和的微笑。

「嗯，我啊，就是非常討厭你這一點。」

她憐憫似的說出這句話。

「而妳呢，就是愛裝出一副從容的模樣，我也非常討厭妳這一點。」

「嗯，我知道。」

為什麼她要用愉快的表情說那種話呢？他覺得他們兩個從剛才開始始終沒有想法一致的地方。

「我認為自己總算是明白了。明白你所期望的世界，以及你是多麼溫柔的一個人。還有，那種溫柔在產生扭曲後，讓你受到了多大的苦楚。而且你還倔強到沒辦法逃離這樣的苦楚。」

她的劍尖稍微朝下。

站姿則維持原樣。

「所以說，費奧多爾。我終於下定決心了。」

她緩緩地吸了口氣，又吐出來。

接著斂起笑容，嚴肅地繃緊表情。

然後，她平靜地宣布：

「——我要阻撓你。」

在聽完這句話前，費奧多爾就向前衝去。他趁緹亞忒呼吸的間隙，縮短彼此的距離。之前和緹亞忒交手時，他就知道她的速度和臂力遠高於他，甚至根本無法相比。為數不多的勝算，就是她自己剛才提到的體型和體重的差距。如果能像上次成功時一樣，破壞她的平衡將其壓制在地，應該也就能瓦解她的力量。

（那個手甲真的很礙事啊！）

不愧是用來對付費奧多爾的東西。裝備讓少女的體重虛增，已經達到就算受到一點推撞也不會搖晃的程度。現在不僅無法攻擊她的手腳造成傷害，要施展組合技也很困難。原本她的動作應該會因為增加了重量而變遲鈍，這是她該付出的代價……但是，她的肌力在受到魔力強化之下，連這一點都可以無視掉。

反觀費奧多爾只有虛弱的腕力，現在連隨心所欲地揮動手中的鐵塊都沒辦法做到。

感覺可行的進攻手段少得簡直可笑。

（盡我一切所能！）

單純比較腕力的話，他無論如何都不會是她的對手。正因如此，他才要以力量進攻。

經魔力增幅後的力量固然很強，但終究還是要看當事人的意志。遇到奇襲或是從死角攻入的打擊時，便可能無法準確地做出應對。他就仰仗著這個近似於期望的預測。

他表面上要從左上段揮劍而下，實則是從左側腹的下方使出一記貫手，從她的角度來看，那個位置是手甲的背面。他的攻擊目標是橫膈膜。順利的話，就能讓她的呼吸中斷，動作也會多少變遲鈍一點。

「……噢！」

緹亞忒應該沒有看穿他的意圖。她臉上確實閃過驚愕之色，手上的劍——伊格納雷歐的應對方式也不是最理想的。儘管如此，她還是有反應過來。只見她輕鬆地揮開瑟尼歐里斯，並且扭轉身子。於是，費奧多爾的手指偏離目標，輕輕劃過了她的側腹。

「真下流！」

「這是誤會！」

他一邊嚷著一邊轉過半身，用肩膀抵住緹亞忒的腋下，腳則纏住她的腳後跟，就這樣使出全力想讓她失去平衡，但是……

「喝啊！」

雄赳赳地猛喝一聲，少女的背上嘩地綻放出幻翼，將差點失衡的身體硬是重新拉正。

「這種使用方式是從哪兒學來的啊？」

「從正面較量力氣這種事情，我已經請塔爾馬利特先生徹底指導過我了！」

「那種修行環境也未免太奢侈了吧！」

塔爾馬利特上等兵是貓徵族老將，擁有在獸人之中也相當少見的壯碩體格，以及與其相襯的驚人腕力，而且還是體術高手，會使用發揮出自身優勢的獨特體術。他很難取悅，總是皺著眉露出看似不悅的表情，不打算和任何人交好，就是如此麻煩的人物。

費奧多爾知道他和實力不相上下的波翠克上等兵交情很差，並且他們倆都很喜歡可蓉。但是，他不知道什麼時候又多了一個緹亞忒。

「唔……」

感覺可行的進攻手段少一半了。

在之前的對戰中，緹亞忒並沒有在注意費奧多爾，她只專心看著不斷擴散的〈第十一獸〉，以及一路追逐到現在的偉大學姊的幻影。說來說去，可能是因為如此，當時他才能發揮出不錯的表現。

但是，現在的緹亞忒不同。

這個少女正眼看著費奧多爾，她身上並未留有那種顯而易見的破綻。

「妳真強啊！」

他揮劍攻擊。

「對吧！」

她也舉劍回擊。

「想辦法將這種力量使用在和平上絕對比較好啊！」

「謝謝你的關心，但未來的規畫已經確定好了！」

在劍刃互咬的情況下，她就這樣高高抬起右腿朝他的腰部襲來。

因為姿勢的緣故，這記攻擊並沒有動用到腰力。本來的話，這輕輕的一擊似乎可以不必理會，但加上催發的魔力與腿甲的重量後，變成了必殺的鐵鎚。他連忙退開才勉勉強強躲過這一擊，她的腳尖鉤到他上衣的下襬，輕而易舉地將其扯破。

他迸出了冷汗。

「年紀輕輕就把話說死可不會有什麼好事喔！我都這麼說了，不會有錯的！」

「不要用一副了不起的模樣講那種丟臉話！你不也還很年輕嗎！」

「從社會上來說，我的壽命已經走到盡頭了！」

「怎麼，所以你是在炫耀自己有多不幸嗎？在我們面前講這個？」

「妳們還有挽回的餘地吧！反倒要說，妳們給我去挽回啦！」

「你也還活著啊，而且也沒有什麼非死不可的理由吧！既然如此就好好活下去啦！」

真是的，他們兩個到底在說些什麼鬼話。

他如果不集中所有精神與注意力的話，就沒辦法妥善應對緹亞忒的攻擊。拜此所賜，本來緊鎖在心底的話語，此刻都不像樣地大肆傾洩而出了。

緹亞忒應該相當謹慎小心，以免自己傷到費奧多爾。因此，儘管兩人之間存在著壓倒性的戰力差距，卻沒辦法用斬擊或打擊來分出勝負。她可能想透過不斷使出費奧多爾勉強可以防禦住的攻擊，等費奧多爾的體力慢慢耗盡……或者說誘使他耗盡體力。

就算察覺到這一點，費奧多爾也沒有對策可用。他只能按照少女的計畫，盡全力揮劍，盡全力躲劍，不斷縮短自己所剩的時間。

「唔，這個死腦筋的！」

「誰才是啊！」

或許，從一開始的奇襲失敗的那一刻起，他就已經失去一切勝算了吧。儘管如此，他也不想什麼事都不做就舉白旗投降。既然緹亞忒選擇的戰鬥方式是等他的體力達到極限，那他就要在達到極限之前，找到其他獲勝的契機。到了這種時候，能不能找到並不是重點。無論如何，在他還有辦法做些什麼之前，他怎麼可能會放棄——

一陣暈眩。

他的視野歪斜了。

從昨天開始就體驗過好幾次這種感覺。

陌生的情景突然從記憶深處復甦。像山一樣大的蜥蜴揚起閃閃發亮的巨大利爪。只要揮下來，絕對能奪走性命，而且屍體肯定也不會是完好的模樣，就是這般絕望的情景。

這是怎樣啊？

疑問與困惑讓他緊繃著的集中力難以挽救地瓦解殆盡。鞋底沒能踩好地面，一瞬間的飄浮感讓全身反射性地失去力氣。

（啊。）

（咦？）

伊格納雷歐正要往他劈下來。

這是顯而易見的一大揮擊。儘管速度和殺傷力都非比尋常，但如果只求勉勉強強閃過的話，並沒有多困難，照理說這一擊應該是如此。然而，前提是費奧多爾要能繼續做出和先前一樣的動作。就憑失衡的身體和才剛分散的集中力，他實在做不到這種事情。而且事到如今，緹亞忒本身也無法把劍收回來。

被擊中的話，就會死。

（……）

他連視野都染上了一片純白。

一陣暈眩。

全身被某種東西給占據了。

他以一個不可能做出的姿勢，讓腳底踩住大地，然後扭轉身體，硬是製造出慣性與離心力。他伸出的右手掌心碰觸到伊格納雷歐的劍身。接著，讓身體動起來的一切力量都轉移方向集結起來，從掌心釋放而出。

爆炸了——這股強烈的衝擊讓費奧多爾只能這麼認為，而他則被吹飛了出去。

他在土地上彈了兩下左右，弄斷生長在上面的花草，最後背部用力地撞在一棵樹木上。他肺中的空氣全部都被撞出來，過了一拍後，全身的痛覺都甦醒過來了。

「呃——唔——」

發生什麼事了？

他進入忘我的境界，在生死關頭前發揮蠻勁……光靠這說法無法解釋剛才發生的事。那不是單純的蠻力，可能是拳法或體術的一種，不過性質上也不同於波翠克以及塔爾馬利特使用的招數。恐怕是體格不太占優勢的種族，在追求最適合自己種族身體的行動方式到最後的集大成之物吧。就像必須經過一番超乎想像的修練才能領會的奧義一樣。

而想當然的，費奧多爾確定自己沒有累積什麼修行的經驗。雖然稱不上證據，不過未成熟的身體施展完絕招後，反作用力會讓全身上下到處都疼痛不已，簡直有如全部的肌肉無一例外都在燃燒似的。

「咦……」

緹亞忒似乎同樣沒搞懂狀況。她睜大雙眼看了看自己空空如也的手心，再看了看被吹飛的費奧多爾，最後看了看飛往反方向的伊格納雷歐。

「剛才那該不會是……但怎麼可能……」

她一臉恍惚的表情，口中不知道在喃喃說著什麼，但過一會兒就回過神了。

她去把伊格納雷歐撿回來後，走到費奧多爾的身邊，說：

「雖然不是很清楚，但分出勝負了吧。」

她面露擔心地彎下身，探頭看他的臉龐。真是的要是用劍尖指著他的話，多多少少還能要個帥的。

「……我還沒有放棄啊。」

他全身使不上力，動彈不得。就算想要堅持到底，身體卻無法跟上。

「別逞強了。你的體內應該受了非常嚴重的傷。」

「真是天大的誤會，我好得很，現在立刻就能繞著基地外圍連跑十圈給妳看。」

「總覺得，你逞強的說詞聽起來也沒什麼勁，你真的是受重傷了啊。」

……傷腦筋。撒謊真的沒有用。

「我帶你走了喔。」

緹亞忒的指尖碰觸到費奧多爾的肩膀。

疼痛感竄遍全身。他承受不住地扭曲著表情。緹亞忒縮回了手指。

「……真下流。」

他忍住吃痛聲，取而代之的是對她發牢騷。

「別說傻話啦。好了，放輕鬆——」

「到此為止了。」

突然從他們兩人都沒注意到的地方插進一道嗓音。

緹亞忒立刻轉過頭。

費奧多爾動不了脖子，所以只轉動眼珠子看過去。

「我想說你動作真慢，於是就回來看看情況，幸好我有趕上。」

那頂紅色假髮不知道掉在哪裡了。

月光映照著橘色的髮絲，女兵專用的箇式軍服的衣襬隨風飄揚。只見菈琪旭・尼克思・瑟尼歐里斯就站在那裡。

「走開，妖精兵。我不會把那個人讓給妳的。」

6. 此刻立於身旁之人

菈琪旭手中不知何時握著一把劍——一把勉強維持著劍的形狀的武器。那是幾十塊金屬片的集合體，也可以說是從金屬片的縫隙之間流瀉出的無色光芒，或者說那是封存於金屬片內側的強大力量的結晶。

那是遺跡兵器——瑟尼歐里斯。少女握著費奧多爾不知何時放掉的那把劍，並飛奔過來。

劍光一閃。

緹亞忒也不可能只是呆愣在原地。她趕緊重新催發魔力，舉起激發出力量的伊格納雷歐接下那記攻擊。刺耳的金屬聲隨著光芒一同劃破夜空。

「妳是……菈琪旭嗎……？」

緹亞忒茫然地喃喃說道。

「哎，果然是認識的人啊。」

相較之下，菈琪旭則是泰然自若的模樣。

「對不起，我不記得妳是誰。」

「可是……怎麼會……」

「對不起。」

橙色的少女又道了一次歉，然後翻轉瑟尼歐里斯的劍身。

緹亞忒也不可能單方面地持續承受攻擊。她大大敞開原本收到一半的幻翼，縱身大跳，嘗試利用高度的優勢來應戰。至少這個選擇似乎不是一步壞棋，她確實發揮得很好。她用伊格納雷歐擋掉了五次劍閃，三次則扭身躲過了。

但這就是極限了。

伊格納雷歐被高高地彈上天空，旋轉著在夜空劃出一道小小的圓弧。

傳出咚的一聲輕響，緹亞忒當場倒在地上。

「妳該不會……」

他將唾沫嚥下疼痛的喉嚨。

「……殺了她吧？」

「哪有可能，我只是攪亂她體內的魔力，讓她昏倒而已。」

菈琪旭朝他聳了聳肩。

「我不會殺她的，畢竟她是你的戀人吧？」

「不是不是不是！」

他不小心試圖要動手臂，結果就被劇痛給折磨了一番。

「你們剛才的對話，雖然我只聽到一小部分而已，不過你們應該是打從心底喜歡著彼此吧？」

「我們是打從心底討厭著彼此啦！」

他邊忍受著疼痛，邊全力否認著。如果緹亞忒醒著，她大概也會全力認同他吧。

「真是複雜的關係啊……難道你有那方面的愛好嗎？」

「我聽不懂妳這個問題的意思！」

他看向緹亞忒的睡臉。

她一直都是這麼直率。

想成為像學姊那樣的人。她可以為了這份憧憬捨棄性命，實在不是一般人能做到的事情。只有一心一意又純粹單純的笨蛋才做得到。

（……也就是說，我其實很羨慕這傢伙啊。）

雖然很不甘心，但他承認。

（威廉也好，珂朵莉也好……雖然那些人丟下她自己走了，但她還是一直都能這麼喜歡著他們。我很羨慕她這種堅定的心意，因為我大概做不到這一點。）

承認之後，他的心情輕鬆了不少。

他非常喜歡姊夫，想要一直相信姊夫是正確的。他無法原諒這個世界接受了姊夫的死，想要矯正這個接受了姊夫之死的世界。

如果他和緹亞忒一樣直率的話，應該就不會得出這麼扭曲的結論了吧。可能只會堅信姊夫是正確的，不去恨別人，也不去傷害別人，在某個地方坦蕩蕩地活著。雖然他不太願意去想像，不過，那也會是個幸福的人生吧。

但是，費奧多爾內心產生扭曲了。

因為扭曲，所以仇視這個世界。

（……「我要阻撓你」是嗎……）

費奧多爾回想不久前才聽到的這句開戰宣言。那究竟是什麼意思呢？她可能認為，早就犯下無可挽回的過錯的費奧多爾，事到如今還是有辦法做到什麼事情吧。

……不，應該是這樣才對。

她可能是相信費奧多爾．傑斯曼就算跌落至谷底，也不會放棄策劃計謀。而且那個計謀還牽涉到踐踏黃金妖精的決心與戰鬥，強迫她們接受不必要的救贖。

「……個個都沒有看人的眼光啊。」

「咦？」

「沒事，我在自言自語。」

他這麼回道，然後在腳上施力。實在痛到不行，但是，也沒有到完全動不了的地步。動作輕一點的話，應該還是可以站起來的。

「我們走吧。」

菈琪旭朝他伸出手。

「雖然不知道你最後會選誰，但現在待在你身邊的可是我。牽個手應該沒關係吧？」

握住的手傳來的溫度當中，確實令人感覺到了愛情。

那是費奧多爾利用自己的眼瞳刻印在少女內心的虛假愛情，是打著正義之名敲響戰鼓者絕不會被原諒的行徑，也是費奧多爾的戰鬥帶有扭曲的證明。

不可以逃避。他這麼想著。

緹亞忒說要阻撓他，所以他也必須不斷做出阻撓她們的惡行。這是為了不讓她的決定變成一個錯誤，也是為了讓她的願望不會成真。

更是為了終結這個建立在少女們的犧牲之上的世界。

唯有這件事絕對不是在仿效別人，而是屬於費奧多爾・傑斯曼自己的戰鬥。

「嗯，走吧。」

他們將緹亞忒搬到附近的樹下，替她披上外套。

他沒有什麼特別理由地抬頭仰望月亮。

然後，這名墮鬼族少年重新發出宣言：

「繼續進行……我的戰鬥吧。」

「迷路的小貓」
-being hungry for kindness-

黑暗當中。

穿著斗篷的嬌小人影在暗巷裡奔跑著，濺起了些許水花。

疲勞與焦慮讓人影的步伐紊亂。

濕漉漉的腳下一滑，無法重新取回平衡，於是，她大大地跌了一跤，身體滾過髒兮兮的地面，猛撞進垃圾場。濕透的舊雜誌紛飛四散，生鏽的空罐子飛了起來。

有個腳步聲接近。

她從垃圾堆中站起身，迅速地環視左右，打算衝進狹窄的小巷子裡——結果腳踝痛到讓人影蹲了下來，沒辦法再繼續跑了。

老舊的垃圾桶就倒在旁邊，她毫不猶豫地鑽進裡面。雖然這個垃圾桶絕對不算大，但她還是把自己硬塞了進去，然後蓋上蓋子。

在一片漆黑中，小心地靜靜待著。

確實有腳步聲正慢慢地接近。

她緊緊抱住顫抖的身軀。

腳步聲停住了。

她的心臟也差點停住了。

腳步聲並沒有離去，似乎在尋找什麼似地逗留在這個地方。

她抑制不了全身的顫抖。就算用雙手去壓制，結果手還抖得更加厲害。輕微的喀喀聲響如雷鳴般貫滿了耳朵。

腳步聲再度開始移動。

往她這邊走過來了。

然後在她旁邊停下來。

唉——果然不行。在死心的同時，她也從斗篷下方掏出一把小刀。既然逃不了的話，那便迎戰吧。無論處於多麼令人絕望的狀況中都不能放棄。反正她打從一開始就做好不會有什麼好下場的心理準備了。那麼，至少讓她奮鬥到最後一刻。

嘎嗒的聲響。

有人用手打開垃圾桶的蓋子，外頭的光線逐漸照進這片被封閉起來的黑暗當中。她用力握緊小刀的刀柄。

「果然是莉妲妹妹啊！」

……啊？

聽到意想不到的聲音，人影的——少女的全身都僵住了。

站在垃圾桶外面的是一名氣質溫婉的女性，面露開心的笑容。

她愣住了。

她很久沒聽到有人用這個暱稱叫自己了。

少女正確的本名是「瑪格莉特」，普遍來說，「瑪格」這個暱稱比較常用。沒記錯的話，「莉妲」似乎是依循四號懸浮島的文化而使用的暱稱。當然，在四號懸浮島以外的地方一般是不會用這個暱稱的。

因此，會稱呼少女為莉妲的，在她的記憶中只有一人。

「……歐黛……姊姊……？」

瑪格．麥迪西斯低聲喊出了這個女子的名字。

「太好了，妳還記得我啊。」

女子將手伸進垃圾桶裡，彷彿抱起棄貓似的將瑪格拉出來。紙屑和線頭紛紛散落到四周。

「我聽說妳還活著，找了妳好久呢。」

「怎麼會……騙人的……」

她過去一直相信自己是孤獨的。她原以為在艾爾畢斯集商國的末日，那幅地獄般的景象當中，她已經失去所有與自己有關聯的一切了。

完全沒料到有一天會遇到某個互相都知道名字的人。

「看來妳真的經歷了很可怕的回憶啊，抱歉我太晚來迎接妳了。」

那溫柔的嗓音令她淚腺決堤。

從以前忍到現在的淚水一口氣傾瀉而出。

「歐黛……歐黛姊姊……我……嗚……」

「放心，已經沒事了。」

不管是身上還沾滿垃圾的事情，還是腳受傷的事情，一切種種全都被拋到腦後了。

五年下來所累積的情緒已經結成硬梆梆的一大塊，不管用什麼話語都無法將其融化傾訴出來。所以瑪格只是緊抱著女子，一邊揮灑著不知道是眼淚、鼻涕還是口水的東西，一邊哭著，哭著，不斷地哭著。

女子的名字叫作歐黛·岡達卡。

不過，這個姓氏是她結婚以後才改的。她出身自舊艾爾畢斯集商國的名門之一——傑斯曼家。

對瑪格來說，她是未婚夫費奧多爾·傑斯曼的親姊姊。換句話說，就是未來的大姑。

哭著哭著，哭累後，她激動的情緒終於平復了下來。

「其實，我以前很怕歐黛姊姊。」

兩人牽著手走在暗巷裡，瑪格便吐出了這句話。

「是這樣啊？」

「是的，因為摸不清妳的想法。不過是我誤會妳了，好好談過話之後，才知道原來妳是這麼溫柔的人，而且……」

她抬起頭，直勾勾地注視歐黛的側臉說道：

「我非常高興妳還活著，謝謝妳。」

「……不用客氣。」

不知道是不是在害羞，只見當事人歐黛看往了其他方面，不和她對上視線。

「啊，該不會是那個吧？就是墮鬼族會使用的瞳術，一種能夠和任何人都成為好朋友的力量？」

「呃……不是，怎麼可能呢。」

「好像也是。嗯，對不起，我問了奇怪的問題。」

「唔，我的意思不是說不需要對莉妲妹妹使用喲，那種力量本來就很難使用，要是使用了也需要冒非常大的風險。如果不盡快殺掉施術對象的話，那可就性命難保了。」

「什麼？要殺……掉嗎？」

「啊，沒事沒事，抱歉，剛才那些妳就忘了吧。真的是，我到底在說些什麼啊。」

「不講這個了，噯，莉妲妹妹。」

歐黛擺了擺手，然後說：

「嗯。」

「如果，我是說如果喔。」

「嗯。」

「如果不光只有我，費奧多爾也還活著的話……妳想見他嗎？」

瑪格停下了腳步。

歐黛也跟著停下腳步。

「我不能見他。」

花了足足一分鐘以上的時間思考過後，瑪格斬釘截鐵地這麼答道：

「我做過太多壞事，已經失去見費奧多爾的資格了。和他見面的話，一定會被他討厭。我無論如何都不想被他討厭。」

「這樣啊。」

歐黛點點頭，不再說下去了。

那一晚，瑪格借住在歐黛的旅館房間裡。

在這五年間，瑪格大概始終都沒有一刻是能安心的吧。現在能夠信賴的人就在身邊，光是如此就讓她徹底地放下心，沉沉地睡死過去。

歐黛的手指輕輕地撫摸著她的白嫩臉頰。

「我很溫柔啊……」

她嘴角微微一歪，勾起嘲弄般的笑意。

「真是個傻孩子。愛說謊的鬼所展現的溫柔當然不會是真的啊。」

後記／借後記之名的廣告單元

真希望天氣能夠冷熱分明一點。我好像很常在這種時間點寫後記。我是覺得快要感冒的枯野。

一個是愛說謊卻又很坦率的少年，一個是直性子卻又不坦率的少女。在即將毀滅的世界角落相遇的兩人，為了開拓彼此的未來，下定決心犧牲掉自己的現在——便是以這樣的內容，為大家獻上《末日時在做什麼？能不能再見一面？》（由於書名太長，以下簡稱為《末日再見（略）》）第三集的故事。

為了照顧喜歡先看後記的讀者，我要久違地進行惡劣的劇透：費奧多爾這次會揮舞瑟尼歐里斯和強敵戰鬥。我沒有騙人。是說這個劇透也不太有力。

那麼，馬上就來例行性地宣傳前作。光是書名就能占據將近文庫本一整行的知名前作——《末日時在做什麼？有沒有空？可以來拯救嗎？》（由於書名太長，以下簡稱為《末日時（略）》）全五集好評發售中。

然後這次宣傳的用意呢，和上一集為止也不太一樣。

已經讀完這次故事的讀者應該幾乎都隱隱察覺到了，費奧多爾試圖揭露的「謎團」，和前作中，威廉他們度過的日子以及之後的五年間有很大的關聯。因此，如果還有讀者一路以來只讀過本作的話，我再次大力推薦務必要去看前作。看到緹亞忒她們小時候的模樣後，保證一定會更加心生憐愛的。

提到前作的話題後，再接著談談相關的事情。

在上一集跟大家報告過的，せうかなめ老師的漫畫版《末日時在做什麼？有沒有空？可以來拯救嗎？》現在正於《月刊COMIC ALIVE》雜誌好評連載中。

本來反應就比較大的珂朵莉和艾瑟雅當然不用說，奈芙蓮的表情變化也意外地細膩，妮戈蘭也大大提昇了溫柔好姊姊形象，甚至總是在腳邊朝氣蓬勃地跑來跑去的小鬼頭也會令人感到頁面狹窄似的到處奔跑著。

另外則是上一集也有提過的動畫改編消息。

——預定在二〇一七年四月開始播出電視版動畫。

這本書的書腰應該也有寫到相同的事，所以許多閱讀這裡的讀者可能早就都知道了，不過就別在意這件事吧。以目前（這本書擺在店舖裡時）來看，只能告訴大家這麼多了，近期應該也會慢慢公布其他消息，還請拭目以待。

我已經看過角色的設計圖了，每個孩子都畫得好可愛啊。

我非常期待能看到會動會說話的他們以及她們的那一天來臨。

然後呢。

身為原作者這樣的立場實在相當快樂，我可以就近參觀這些多媒體作品的進展過程。各領域的專家描繪出來，各有不同解讀的珂朵莉等人，我都仔細地觀賞了好一陣子。

就在這個時候，我的內心突然湧起一股衝動。

「我久違地想寫有珂朵莉和黎拉登場的故事了。」

在開會討論時，我就這麼跟編輯提議。

「《末日再見（略）》某方面來說也告一個段落了，我想寫兩三篇《末日時（略）》

那邊的外傳，然後收錄在同一本書裡出版，這樣如何——」

「可以啊。」

「答應得這麼快？」

是的，事情就是這樣。

畢竟是外傳，都是與正題無關的小故事（預定有可能未經預告而變更）。應該不會發生沉重的事件，或是讓誰每天以淚洗面吧（預定有可能以下省略）。只會單純地感受到懷念與會心一笑的感覺。會是個悠悠哉哉地過著溫馨生活的故事（預定以下省略）。

如果進展順利的話，我想書名應該會是《末日時在做什麼？有沒有空？可以來拯救嗎？EX》這樣，明年二月就能將故事送到各位手上了，還請大家多多支持。

當然，本作《末日再（略）》的第四集也同時正在製作中。至少我手邊的日誌是這麼寫。在先前提到的外傳出版後，應該隔不了太多時間就會出版。雖然原稿還是一片空白，但總會有辦法的。我對未來的我有信心。

故事的舞臺將從三十八號懸浮島搬到某個曾經是戰場的古都。各自懷抱著願望的溫柔惡人，為了尋求一個智慧而到處奔走。失去的事物與逐漸失去的事物，每當這些事物一個一個揭曉真相時，溫柔的無徵種的咆哮將撼動著都市的夜晚——

感覺會是這樣的故事。只是感覺而已。

那麼，但願我們能在某片天空上面再會。

二〇一六年　秋

枯野瑛

國家圖書館出版品預行編目（CIP）資料

末日時在做什麼？能不能再見一面？／ 枯野瑛作；
鄭人彥，Linca 譯．-- 初版．-- 臺北市：臺灣角川，
2018.03-
冊；　公分

譯自：終末なにしてますか？もう一度だけ、会えますか？
ISBN 978-957-564-076-7(第 2 冊：平裝). --
ISBN 978-957-564-242-6(第 3 冊：平裝)

861.57　　107000207

Kadokawa Fantastic Novels

末日時在做什麼？能不能再見一面？ 3

（原著名：終末なにしてますか？もう一度だけ、会えますか？#03）

2018年6月21日 初版第1刷發行
2023年10月16日 初版第5刷發行

作　者：枯野瑛
插　畫：ue
譯　者：Linca

發行人：岩崎剛人
總編輯：蔡佩芬
編　輯：楊芃青
美術設計：李思穎
印　務：李明修（主任）、張加恩（主任）、張凱棋

發行所：台灣角川股份有限公司
地　址：104台北市中山區松江路223號3樓
電　話：（02）2515-3000
傳　真：（02）2515-0033
網　址：www.kadokawa.com.tw
劃撥帳戶：台灣角川股份有限公司
劃撥帳號：19487412
法律顧問：有澤法律事務所
製　版：巨茂科技印刷有限公司
ISBN：978-957-564-242-6